이어령과의 대화

삶의 끝에서 다시 시작하는

인생 첫 수업

이어령과의 대화

김종원 지음

삶의 끝에서

다시 시작하는

인생 첫 수업

프롤로그

기나긴 대화를 시작하다

내가 지난 2005년 이후 최근 니체와 비트겐슈타인의 책을 잡기 전까지 괴테가 쓴 책만, 그것도 1년에 딱 한 권만 읽고 있다는 사실은 내 강연을 듣거나 책을 읽어본 사람이라면 누구나 알고 있을 것이다. 괴테가 쓴 책 중에 내가 가장 추천하는 책은 《괴테와의 대화》라는 작품이다. 그렇다. 이 책은 평생 감상해야 할 하나의 작품과도 같다. 제자 애커만이 스승 괴테를 무려 10년 동안 1,000번 넘게 만나 나눈 이야기를 농밀하게 기록한 책이니까. 괴테를 스승으로 존경했던 철학자 니체 역시 이 책을 "현존하는 독일 최고의 책이다!"라고 추천했다.

이 책을 읽으면서, 나는 오랫동안 생각에 잠겼다. 나도 애커만이 되어 《괴테와의 대화》 같은 책을 쓰고 싶었다. 그렇다면 과연 한국에서 '나의 괴테'를 대신할 사람이 있을까?

2011년 8월, 나는 이어령 선생에게 메일을 보냈다. 만나고 싶다는 뜨거운 열망과 책을 쓰겠다는 의지를 담아서.

"한국에도 《괴테와의 대화》와 같은 책이 나와야 한다고 생각합니다. 한국에서 '괴테'를 대신할 수 있는 사람은 오직 선생님 한 사람뿐입니다. 저에게 선생님의 시간을 10년만 주신다면 100년 후에도 남아 한국 철학과 인문학의 수준을 높일 수 있는 책을 써서 보답하겠습니다. 참고로, 저는 이미 준비를 마친 상태입니다."

메일을 보냈지만, 사실 조금 불안했다.

나는 누군가를 설득해 본 적이 별로 없다. 경험한 것을 설명하며 늘 그걸로 마무리했기 때문이다. 그러나 함께 대화를 나누고 그걸 책으로 내자고 말하려면 합당한 이유를 들어 설득해야 할 텐데, 그건 나와는 정말 맞지 않는 방법이었다. 나는 언제나 설명으로 끝나는 삶을 살았고, 설득은 나의 영역이 아니라고 생각했으니까. 메

일을 보냈다는 사실을 잊을 무렵, 근 한 달 만에 그에게 답신이 왔다.

"늘 쫓기는 생활을 하다 보니 사무 능력이 부족해서 많은 사람에게 불편을 끼칠 때가 많아요. 용서하세요."

이렇게 시작된 그의 메일을 받고 나자, 그를 꼭 만나 책을 써야겠다는 생각이 좀 더 분명해졌다. 마음이 통했다는 느낌이 들어서, 설득이 필요하지 않겠다 싶었기 때문이다. 그 시절 괴테의 제자 애커만이 그토록 염원했던 스승 괴테를 만나 위대한 대화를 나눴듯, 우리의 기나긴 대화는 그렇게 시작되었다.

세상을 먼저 떠난 사색가들을 만나러 가신,
이어령 선생님께 이 모든 언어를 바치며

김종원

차례

내 사색과 글에 많은 영향을 주신,
이어령 선생께서 방금
자신보다 먼저 죽은 자들을 만나기 위해
아름다운 여행을 떠났다는 소식을 들었다.

지난주 마지막으로 잠시 뵈었을 때
내 눈에 가득 담은 그의 모습이
지금 내 마음의 방을 가득 채우고 있다.

멀리 있어도 우리는 결코 멀지 않다.

몸의 세상에는 시차가 존재하지만,

마음에는 시차가 없다.

나는 언제나 당신 가장 가까운 곳에 존재하며,

상상의 대화를 통해 언제든 만날 수 있다.

내게 주어진 일을 오늘도 하며 살아가는 것,

그게 내게 남은 사명이겠지.

당신의 아름다운 비행을 소망하며!

1부

죽음 앞에 서서

"나는 내 나이 70세가 넘어서야
비로소 인생에서
가장 소중한 것을 발견했다네.
그건 바로 사랑이지."

무엇을 진짜
희망이라고 부를 수 있나

모든 과정이 순탄했던 것은 아니었다. 그와 만남을 이어나가는 도중 나는 태어나 처음, 암으로 시작한 마흔의 나를 설득해야만 했다. 내 삶에 없었던 '설득'이라는 단어를 왜 이렇게 자주 만났던 걸까. 생명을 위협하는 큰 암은 아니었지만, 두려운 건 같았다.

사색을 통해 얻은 영감을 읽고 쓰고 말하며 사는 삶이 전부였던 내게 온 떨림의 순간이었다. 비록 암에 걸렸지만 여전히 희망이 존재한다고 설득해야 했다. 희망은 존재가 없다. 그래서 나는 없는 것을 있다고 말해야 했다. 수없이 희망이 있다고 설득하다가 문득 나는 이런 사실을 깨달았다.

"내가 아는 희망을 진짜 희망이라고 말할 수 있을까?"

100억을 벌어도 그 숫자와 규모가 내게 의미가 없다면 아까운 내 시간만 낭비한 것에 불과하다. 마흔에 비로소 나는, 최대한 인생을 낭비하지 않고 내게 소중한 것만 하며 살기로 결심했다.

죽음을 생각하면 자연스럽게 죽음보다 소중한 것을 시작하게 된다. 그래서 죽음은 인간을 혁명하는 최고의 발명품이다. 아이러니하게도 죽음을 통해 인간은 다시 태어난다. 우리가 서로를 구분하며 선을 긋는 기준으로 활용하는 지위와 환경이나 태생의 수준과는 상관없이, 살아 있는 모든 것은 죽음보다 소중하다.

지금 여기에 살고 있다는 것보다 소중한 가치는 없다. 그렇다면 생명과 바꿀 수 있는 가치가 무엇인가? 나는 사색에 잠겼고, 투병을 시작한 이어령 선생을 떠올렸다.

유쾌한 일은 아니지만, 암이라는 놈이 거의 비슷한 시기에 우리 두 사람을 찾아온 셈이다. 암은 우리 두 사람에게 어떤 의미로 남고 싶어서 찾아온 걸까? 당시 그는 암이 자신을 찾아왔다는 진단을 듣고 한동안 집에서 나오지 않았다. 그가 암 투병을 한다는 소식을 접한 사람이라면 "몸이 아파 치료 중이라 외부에 나오지 않는구나."라고 생각했을 것이다. 그러나 그는 대중의 생각과는 달랐다. 살아 있는 동안 반드시 써야 할 글의 집필을 위해 꽤 오랫동안 전화도 받지 않고 몰입했던 것이다.

모두가 말로만 산다. 하지만 그는 말처럼 산다. 내가 그의 태도를 존경하는 이유는, 나와 마찬가지로 그도 초심을 매우 중요하게 생각하기 때문이다. 그가 삶으로 보여 준 것처럼 나 역시 몸에 문제가 생겨서 생명이 위태롭다고 해도, 죽는 날까지 글만 쓰며 살 생각이다. 좋은 글 앞에서 핑계와 변명은 있을 수 없다.

나는 작가다. 그러니 죽는 것보다 쓰지 못하는 현실에 아파해야 한다. 생명을 가진 인간 이전에 나는 작가인 것이다. 그걸 잊으면 생명은 죽음 앞에 굴복하여 생명을 구걸하게 된다. 시들어가는 생명이 아닌 싱그러운 글을 추구하는 작가의 삶을 이어령 선생은 자신의 일상으로 보여 주었다. 내게는 그가 살아 있는 역사였다. 죽음을 앞에 두고 그가 선택한 것은 생명 연장과 치료가 아닌 글쓰기였다. 지금 나는, 내 두 눈으로 지치도록 봤던, 치열하게 아름다웠던 그의 모습을 나의 글로 남기고 있다. 그게 내가 그를 위해 할 수 있는 최선의 선택이다.

그가 잠시 집필을 쉬는 기간에 우리는 만났다. "나도 암 투병을 하고 있다."라고 고백하자, 그는 내게 벼락과도 같은 조언을 들려주었다.

"김 작가, 절대로 펜을 놓지 말게."

꼭 암이 아니더라도 누군가 아프다는 소식을 들으면 대개는 자신이 표현할 수 있는 가장 슬픈 얼굴로 "아, 쾌유를 기도합니다.", "너무 걱정하지 마세요, 건강해지실 겁니다."라는 식으로 위로한다. 그러나 그는 달랐다. 평소보다 더 뜨거운 눈빛으로 내게 건넨 한마디는 사실 내 생각과 많이 닮았다. 내가 암이라는 소식을 의사에게 들었던 날에도 난 내가 아프다는 소식을 글로 썼으니까. 내게는 쓰는 게, 곧 사는 것이다.

'내 생명을 소비해서라도, 사라지는 그의 생명을 남기고 싶다. 아니 창조하고 싶다. 그와 나눈 대화를 세상에 전하고 싶다. 어떤 일이 있어도 꼭 책으로 내야만 한다. 절대로 포기할 수 없는 사명이다.'

죽은 몸이 아니라, 죽어 있는 일상이 두렵다

"사색은 무엇인가요?"

우리가 처음 만난 날, 인사를 마치자마자 내가 그에게 물었던 질문이다. "이게 뭐지?"라고 생각할 수도 있겠지만, 이어령 선생은 전혀 당황해하지 않으며 이렇게 답했다. 어떤 질문에도 거침없이 입을 열어 자신의 생각을 설명할 수 있는 그의 지성을 확인하는 순간이었다.

"'사색은 무엇이냐?'라고 묻지 말고, '생각하며 사는 일상이 무엇이냐?'라고 묻는 것이 자유롭고 편안하지. 그렇게 질문해야 자기만의 답을 찾을 수 있는 거야."

첫 만남에서 나는 내 삶을 이끌 질문하는 힘을 깨

달았다. 사색이란 결국 '생각하며 사는 일상'을 말한다. 앞서 이어령 선생이 알려 준 것처럼, '세상이 정의한 명사'와 '자신이 압축한 말'을, 스스로 이해할 수 있게 풀어서 질문하면 쉽게 풀리지 않는 문제에 대한 답을 찾을 수 있다.

그래서 질문은 지성의 영역이고, 느낌은 감성의 영역인 것이다. 세상이 압축한 말을 풀 수 있는 능력은 그것을 바라보는 감성의 역할이고, 그렇게 풀어낸 것을 질문하려면 지성이 필요하다. 마찬가지다. "인문학이란 무엇인가?"라고 질문하면 누구도 쉽게 답할 수 없다. 그날의 깨달음 이후 이제 나는 이렇게 질문한다. "사람을 사랑하며 사는 일상은 무엇을 의미하는가?", "사람을 사랑하며 살면 우리의 일상은 어떻게 변하는가?" 이렇게 당신이 만약 감성과 지성을 오가는 삶을 살고 있다면, 그게 누구든 일상을 혁신적으로 바꿀 날을 만날 수 있다. 실제로 그 질문을 통해 나는 이렇게 시처럼 아름다운 삶의 진리를 깨달았다.

이 글은 앞으로 내가 쓸 책에 최대한 자주 소개할 예정이다. 그만큼 당신이 꼭 기억하고 내면에 담기를 바라는 글이니 아름다운 시선으로 읽어 주길 바란다.

나는 죽음은 두렵지 않다.

하지만 살아도 죽은 것처럼,
아무것도 하지 않고 보내는
죽은 시간은 두렵다.

흐르지 않는 정신이,
더 숙이지 않는 고개가,
뛰지 않는 몸과 심장이 두렵다.

죽음은 몸이 아니라
마음의 상태가 결정한다.
죽은 몸이 아니라,
죽어 있는 일상이 두렵다.

가끔 살면서 가장 힘들었던 그때의 나를 회상한
다. 암 선고를 받고 혼자 집으로 돌아오는 길에도, 나는
영감을 발견했고 혹시 잊을까 봐 두려워 서둘러 허공에
글을 썼다. 쓴 글을 수정하고 또 수정하며 암을 선고받은
기억을 지웠다.

가장 사랑하는 일이 가장 아픈 기억을 지운다. 그
렇게 나는 삶의 여백이 모두 사라지면 내 삶도 끝난다는
사실을 잊은 채, 죽음이라는 커다란 도화지에 그림을 그
렸다. 하지만 죽음이 두려워 멈추고 싶지는 않았다. 이어

령 선생이 자신의 삶으로 보여 준 것처럼, 두려움을 이기고 친구로 받아들여서 마지막까지 죽음과 함께 그림을 완성하고 싶었다. 나만의 색을 남겨 내가 살았다는 사실을 증명해 보여 주고 싶었다. 마지막을 완성하려면 죽음이라는 친구가 필요하다. 그렇게 종이는 죽음과 함께 사라지지만, 거기에 칠한 나의 색은 여전히 세상에 남아 내가 살아서 사색했다는 사실을 증명한다.

경제적 자유를 얻고 싶은
당신에게

　　이어령 선생은 평생 최선을 다해 일했다. 그 일이라는 것이 때로는 장관처럼 공적인 일일 때도, 교수나 고문처럼 사적인 일일 때도, 사색하며 글을 쓰는 학문과 관련된 일일 때도 있었지만, 그 모든 일에 '최선을 다했다'는 사실은 명확하다.

　　거침없이 살았던 그에게도 딱 하나 걸림돌이 있었다. 경제적 자유를 얻기 위해서는 어쩔 수 없이 잘 모르는 사람과도 만나서 관계를 형성하는 과정을 경험해야 하는데 그는 그걸 가장 못하는 사람이었다. 내게 "친구 사귀는 법을 좀 알려달라."라고 장난스레 말했던 그는 실제로도 관계 맺는 일에 서툴렀다.

"내가 평생 가장 못했던 것이 누군가를 격려하고 칭찬하는 일이었지."

글을 쓰며 이 시대를 산다는 것이 참 고단한 일이라고 말하자 그가 내게 들려준 대답이다. '그의 대답과 내 고민은 서로 너무 멀리 떨어져 있는 게 아닐까?'라는 생각을 하며 그에게 물었다.

"그러면 사는 게 너무 외롭지 않을까요? 곁에 있던 사람이 하나둘 떨어져 나갈 것 같은데요."

"글쎄, 과연 그럴까? 김 작가도 지금 내 옆에 있잖아. 지금도 저 문 바깥에는 나를 만나려고 기다리는 사람들이 줄을 서 있지. 내가 그런 성향임에도 늘 많은 사람들과 함께할 수 있었던 건, 가장 잘했던 일도 하나 있었기 때문이네."

"그건 어떤 일인가요? 창조? 상상력?"

"아니지. 앞서 말한 주변 사람들을 향한 그 기준을 나 자신에게도 적용했다는 사실이야. 그게 핵심이라네. 나는 단 한 번도 내가 쓴 글과 내뱉은 말에 만족한 적이 없어. 나를 잘 아는 사람들은 내가 완벽주의자라는 사실을 알아. 하지만 나는 그런 내 성향을 좋아해. 완벽을 추구하는 충동이 결국 나를 멈추지 않게 해 준 거니까."

　　타인에게 굳이 마음에도 없는 말을 하지 않아도 괜찮은 삶, 그리고 그런 자세를 자신에게도 적용하는 일상, 그렇게 억지로 자신의 탄탄한 내면의 힘으로 끝없이 나를 나아지게 만드는 지적인 도전. 그의 이야기를 들으며 나는 저절로 이런 깨달음을 얻었다.

　　경제적 자유를 얻고 싶다면 먼저 내면의 자유를 얻어야 한다. 그래야 탄탄한 내면의 힘으로 웃으며 끝까지 달릴 수 있기 때문이다. 또한, 배려하며 살아야 한다는 강박에서 벗어나는 것도 중요하다. 자신에게 더욱 집중하며 '1인분의 외로움'을 차분하게 견딜 수 있어야 더 큰 내가 될 수 있기 때문이다.

풀리지 않는 문제가 있다면
사랑의 눈으로 보라

주제가 무엇이든 상관없이 이어령 선생과의 대화에서 느껴지는 공통점이 3가지 있다. 하나는 말을 시작하면 최소한 30분 정도는 혼자서 그 시간을 주도한다는 사실이다. 또 하나는 그렇게 도착한 지점에서 짐작도 하지 못한 것을 보여 준다는 것이고, 마지막 하나는 나도 모르게 사랑이 느껴진다는 사실이다. 어떤 주제든 스스로 오랫동안 주도해서 이끌다가, 결국 시원하게 해결하며 듣는 사람 마음을 뜨겁게 만드는 그 힘은 대체 어디에서 오는 걸까?

"나는 내 나이 70세가 넘어서야 비로소 인생에서 가장 소중한 것을 발견했다네. 그건 바로 사랑이지."

여기에서 당신에게 하나 묻는다. 참고로 이 책을 읽으며 중간중간 스스로 자신에게 질문을 많이 던져 볼 수 있기를 바란다. 그냥 책을 읽어서 우리가 얻을 수 있는 것은 그저 읽었다는 만족감 하나이지만, 다양한 질문을 하면 지성의 폭을 확장할 수 있기 때문이다.

자, 그럼 묻는다.

"떨어지는 사과를 바라보며 중력 이론을 발견한 뉴턴에 대해서 어떻게 생각하나?"

여기에는 매우 심오한 삶의 진리가 녹아 있다. 풀리지 않는 삶의 문제를 해결할 가장 지혜로운 방법이 있기 때문이다. 보통 사람들은 뉴턴이 나무에서 떨어지는 사과를 보며 중력 이론을 떠올린 것을 대단하게 생각한다(과장이나 거짓이라는 이야기가 있지만, 사실이라고 전제했을 경우). 이어령 선생 역시 그랬다. 그가 인생에서 가장 소중한 '사랑'을 발견하기 전까지는 말이다.

그는 70세가 넘은 나이에서야 사랑에 눈을 떴다. 나무에서 사과가 떨어지는 그 찰나의 순간이 아니라, 작은 사과가 어두운 대지 아래에서 굳건히 성장해, 가지 끝에 매달리기까지 그 치열한 과정과 생명의 온기가 더 소중한 것이라는 사실을 뜨겁게 깨달았다. 당신의 삶을 둘러싼, 풀리지 않는 문제를 해결하기 위해서는 현상이자 결과물인 '순식간에 떨어지는 사과'만 볼 것이 아니라, 연약한 사과가 '오랫동안 중력을 거슬러 올라가' 어떻게 성장해서 익어 가고, 어떻게 또다시 번식할 수 있는 씨앗을 갖고 태어나는지도 봐야 한다.

그는 사랑을 발견한 후 세상을 발견했으며, 그간 지성으로는 풀 수 없었던 수많은 문제를 해결할 수 있었다. 사랑을 깨닫고 그는 더욱 거침이 없어졌으며 스스로 불타올랐다. 사랑의 가치를 그는 자신의 삶으로 변주하며 이렇게 설명했다.

"만약 내가 사랑을 몰랐던 70세 이전에 죽었다면, 세상에 아무런 발자취도 남기지 못하고 껍데기의 삶을 살았던 사람으로 기억되었을 거야. 사랑이 나를 사람으로 만들어 준 거지."

사랑 없는 꿈은 있을 수 없다.
사랑 없는 봉사는 있을 수 없다.
사랑 없는 소통은 있을 수 없다.

사랑 없는 공부는 있을 수 없다.
사랑 없는 열정은 있을 수 없다.
모든 것에 사랑이 없다면,
수천 년을 살아도
살아 있는 게 아니다.

　　토익 점수, 온갖 자격증, 좋은 학점, 이 모든 스펙은 생명이 없는 죽은 것들이다. 스펙이란, 전자제품처럼 다양한 기능을 추가해 가격을 올리는 것에 불과하다. 결국 세상에 자신의 행복을 위해 스펙을 쌓은 사람은 별로 없다. 대부분의 스펙은 남에게 보이기 위함이다. 죽어 있는 스펙이 아닌, 살아 꿈틀거리는 당신 안의 사랑을 발견해야 한다.

　　지금 하는 일이, 지금 가진 꿈이, 너무나 막연해 그걸 하는 자신이 무모해 보일 정도라면, 모두가 그만 포기하고 다른 길을 찾아보라고 한다면, 답은 하나다.

　　죽어도 죽지 않는 사랑을 발견하라.
무모할 정도로 당신의 일과 꿈을 사랑하라.
미쳐서 세상이 보이지 않을 정도로 사랑하라.
이 세상에서 사랑하는 사람보다

더 힘이 센 사람은 없다.
이 세상에 사랑하는 것보다 소중한 것은 없다.

언어로
빌딩을 짓는 일상

지금까지 90권이 넘는 책을 썼지만, 여전히 쓰면 쓸수록, 책을 내면 낼수록, 쓰고 내는 마음이 조심스럽다. 쓰는 삶은 자발적 고독이며, 요즘 상황에 맞게 바꾸면 365일 자가격리의 삶이다. 그래서 코로나 사태로 밖에 나가지 못하고 격리된 채로 살았던 시간들이 내게는 전혀 낯설지 않았다.

매달 15회 혹은 하루 3회 이상 강연을 나갈 때도 내 삶은 언제나 같은 경로를 반복했다. 해야 할 일을 마치면 나는 다시 나를 집필로 이끄는 자발적 고독의 장소로 걸어갔다.

나는 그런 삶이 전혀 답답하지도 쓸쓸하지도 않다. 오히려 자신을 자발적으로 가둘 장소와 원칙이 있는 삶이 가장 자유롭다고 생각한다. 모든 것을 스스로 원해서 하는 삶은 자유롭다. 그런 삶을 사는 사람이 내쉬는 숨은 남들과 다르기 때문에, 발걸음마다 자신의 흔적을 남긴다.

이어령 선생에게 책을 쓰는 마음이 어떤지 질문한 적이 있다. 그의 짧고 묵직한 답에 나는 눈물을 흘릴 수밖에 없었다.

"매일 빌딩 한 채씩 짓는 기분이야."

아, 누군가는 빌딩 한 채를 가지면 월세를 받고 살고 싶다고 말하지만, 또한 그게 나쁘거나 좋다고 말하는 것은 아니지만, 그만의 답이 나는 참 멋지다고 생각했다. 자기 안에 있는 가장 멋진 단어와 가치를 뽑아내서 세상을 위한 언어의 건물을 짓고, 완공한 이후에는 거기에서 살 사람을 위해 미련 없이 떠난다는 것. 떠나는 마음과 짓는 태도, 쓰는 사람의 그 모든 풍모가 나를 이해한다는 듯 부드럽게 어루만져 주었다.

언어로 빌딩을 짓는 일상, 그것이 바로 이 시대에 필요한 정신이다. 그런 정신을 가진 사람은 모든 일상에서 영감을 모을 수 있기 때문이다. 작가도 그렇지만 자연에서 멜로디의 영감을 발견한 작곡가도 매우 많다. 위대한 음악가인 베토벤과 모차르트는 새가 우는 소리에서 음악의 영감을 얻었다. 작가는 새의 움직임에서 영감을 얻고 작곡가는 소리에서 멜로디가 될 단초를 발견한다. 각자 하는 일은 다르지만, 자연의 조각에서 수많은 것을 발견할 수 있다는 사실은 같다. 마찬가지로 건축가라면 새가 둥지를 짓는 과정에서 새로운 건축물을 구상할 수도 있다.

한 음악가는 나폴레옹과 베토벤에 대해 이렇게 말했다.

"나폴레옹은 대포 소리로 세상을 놀라게 했고, 베토벤은 새소리로 인류를 놀라게 했다."

소리는 어디에나 존재한다. 다만 사람에 따라 다르게 들릴 뿐이다. 중요한 것은 그 대상을 보고 듣는 사람 중심에 무엇이 끓어오르느냐다. 자신이 무슨 일을 하는 사람인지 먼저 파악한 후 세상을 보라. 그러면 다른 것이 보인다. 늘 독서보다 질문이 중요하다고 강조하며 '질문을 정한 후 책을 읽으면 바로 답이 나온다'고 외치는 이어령 선생의 생각과 이치가 같다. 자연은 자신이 무엇을 원하는지 아는 사람에게만 자신의 품을 허락한다.

세상이 나의 노력을
알아주지 않는다면

모든 직업이 그렇지만 작가도 마찬가지다. 곧 죽을 병에 걸렸다고 해서, 그것이 적당한 글을 써도 된다는 면죄부가 될 수는 없다. 글은 오직 글로, 강연은 강연으로 세상의 평가를 받을 뿐이다. 예외는 없다.

지적 거인이자 달변가인 이어령 선생도 컨디션이 좋지 않아 강연에 실패하고 돌아온 날에는 이런 최악의 기분이 든다며 내게 고백했다.

"소위 '이불킥'이라고 말하지. 청중과 소통하지 못한 날에는 이불을 차고 싶을 정도로 나 자신이 싫어서 견딜 수가 없어!"

하지만 그는 바로 이런 멋진 질문을 내게 던졌다.

"세상이 왜 우리가 하는 노력까지 알아야 하나?"

그의 설명에 따르면 노력은 결국 과정을 의미한다. 과정은 나만 아는 것이고, 우리는 언제나 결과로만 과정의 가치를 보여 줘야 한다. 세상은 우리가 보여 준 결과를 기준으로 하여 보이지 않는 과정의 깊이와 노력을 계산한다. 그 앞에서는 아무리 이런 말로 어리광을 부려도 결과는 달라지지 않는다.

"내가 이걸 만들기 위해 얼마나 많은 것을 포기했는지 아세요!"

"여기에 정말 내 영혼까지 담았단 말입니다!"

"하루에 18시간씩 이것만 하면서 살았어요!"

무엇을 포기했고, 영혼을 얼마나 담았으며, 하루에 18시간씩 얼마나 분투했는지 말이 아니라 결과로 확인할 수 있도록 만들어야 한다.

모든 병을 다 고칠 수 있는 의사에게도 절대로 치료가 불가능한 환자가 있다. 바로 스스로 병들기로 작정한 사람들이다. 늘 불만과 핑계로 상황을 모면하려는 사람은 스스로 병들기로 작정한 사람과 다르지 않다. 물론 어느 정도 노력은 하겠지만, 그런 마음의 태도가 자신의 성장을 가로막기 때문이다. 이어령 선생은 그런 사람들에게 늘 이런 따끔한 조언을 던졌다.

　　"젊음은 결코 영원하지 않다네.
　　빨리 변해야 살 수 있어.
　　젊은이는 늙고, 늙으면 죽지."

　　내게 그 말은 마치 시처럼 아름답게 들렸다. 그 말을 전하는 눈빛을 보며 그 마음에 공감했기 때문이다.
　　그대에게 빛나는 목표가 있다면, 아프고, 나이가 많고, 열악한 환경은 목표를 이루지 못했다는 핑계가 될 수 없다. 더 높은 곳이 아닌 더 맑은 곳, 더 멋진 곳이 아닌 더 깊은 곳을 바라보며 사색하고 원하는 것을 하나씩 세상에 보여 주며 살면 된다. 세상이 나의 노력을 알아주지 않는다고 불평하면 분노만 커지지만, "왜 세상이 내 노력을 알아줘야 하지?"라고 질문하면 고통 속에서 벗어날 방법을 찾을 수 있다.

오십 이후의 삶은
이전보다 더 농밀하게

나는 나이 마흔을 통과하며 이런 삶의 원칙을 세웠다.

"나는 일을 더 하려고 열심히 사는 게 아니라,
일을 하나라도 더 줄이기 위해 최선을 다한다."

뭔가 앞뒤가 맞지 않는 이야기로 들릴 수 있다. 보통 돈을 더 벌기 위해서 일을 더 하고, 그 일에 오늘 최선을 다하니까. 이런 나의 생각을 먼저 밝히며 오십 이후에는 어떤 부분에 더 치중해서 살아야 하는지 묻자, 이어령 선생은 명쾌하게 답했다.

"자네 말이 맞아. 젊었을 때는 시계도 잘 안 봤어.

그런데 나이를 먹다 보니 시침, 분침, 이제는 초침까지 선명하게 보이는 거야."

오십 이후에는 이전보다 농밀하게 시간을 보내야 한다는 말이다. 젊을 때는 시간이 무한정으로 주어진다는 생각에 아예 시계도 안 보며 살았지만, 오십을 통과하며 이제는 1초가 지나가는 것까지도 아쉽게 느껴지기 때문이다. 젊어서는 무조건 바빠야 한다. 시계라는 장치의 필요성도 느끼지 못할 정도로 방황해야 한다. 하지만 나이가 들어서도 그렇다면 곤란하다. 나이 마흔이 지나면 이제는 덜 바쁘게 살 준비를 해야 한다.

젊을 때는 일을 10개 해서 20이라는 결과를 냈다면, 이제는 일을 5개 해서 같은 20이라는 결과를 내야 한다. 그게 바로 이어령 선생이 말하는 농밀한 삶이다. 그래야 50세 이후 삶에 당당할 수 있다, 어떻게 하면 그런 삶을 살 수 있을까? 우리가 나눈 대화를 5가지로 정리해서 전하면 이렇다.

1. 나이 마흔에 바쁘게 살지 말라는 게 아니다.
마흔부터 덜 바쁠 준비를 하라는 말을 오해하는 사람이 있다. 지금 당장 일을 덜하라는 것이 아니라, 30

대까지 주어진 모든 일에 최선을 다하던 비생산적인 노력을 멈추라는 것이다. 이제는 '나중에 해도 상관없는 일'이 아니라, '지금 당장 해야 할 것'을 하며 살아야 한다. 시간이 그리 많이 남지 않았고, 몸은 늙어 점점 지쳐간다는 사실을 기억하라.

2. 시간을 창조하라.

몸이 늙으면 물리적으로 일에 투자할 시간이 줄고 집중력도 떨어진다. 하지만 이어령 선생처럼 나이 여든이 넘어서 이전보다 높은 생산력을 발휘하는 사람도 있다. 오히려 젊을 때보다 질이 좋은 성과물을 다량으로 내놓는 그들의 비결은, "매일 필요 없는 일을 삭제하며 산다."라는 데 있다. 그들은 일상에서 필요 없는 일은 버리고, 당장 필요한 일에 시간을 더 투자해서, 세상에 쓸 만한 것만 내놓는다. 이건 매우 중요하다. 그런 사람에게 시간은 소모의 대상이 아닌 창조의 대상이기 때문이다.

3. 1년마다 자신을 비교하라.

작년보다 수입이 2배 늘었다고 마냥 좋아할 것은 아니다. 일을 얼마나 더했는지 자세히 살펴봐야 한다. 수입이 2배 늘었지만, 그것이 2배 이상의 시간을 투자해서 번 수입이라면 발전이라고 보기 힘들다. 사실 그건 생명을 가진 존재가 가장 마지막에 선택할 수 있는 가장 미련한 방법이다. "일은 줄이고 가치를 높여야 한다." 그게 바로 농밀하게 살아가는 비법이다. 모두 다 아는 이 뻔한 이야기가 왜 현실로 이루어지지 않는 걸까? 답은 다음에 나오는 4번 제목과 같다.

4. 현실도 늘 뻔하기 때문이다.

사람이 일상에 허덕이며 살면, 그에게 가는 돈도 허덕이며 온다. 안식년은 교수나 기업 임원들만 떠나는 특별한 기간이 아니다. 오히려 당신이 앞서 말한 경우처럼 열심히만 하는 걸로 돈을 버는 사람들이라면, 최소 3개월에서 길게는 1년 정도 떠나는 게 좋다. 이때 이런 생각은 최악이다. "떠나는 기간 동안에 일하면 돈을 더 많이 벌 수 있는데." 시간을 투자해서 더 돈을 벌겠다는 생각을 아예 버리자. 시간을 돈으로 바꾸자는 생각을 버려야, 비로소 가치를 돈으로 바꿀 수 있는 세계에 도착할 수 있다. 시간은 누구에게나 같다. 그래서 시간과 돈을 교환하는 사람은 늘 한계에 봉착하게 된다. 하지만 가치는 우리를 자유롭게 한다.

5. 떠나서 쉬라는 것이 아니다.

안식년을 그저 쉬는 기간으로 생각하면 곤란하

다. 그것 역시 당신이 시간을 여전히 돈으로 바라본다는 증거다. 안식년은 돈을 추구하지 않고 가치를 남기는 기간이라고 보면 된다. 늘 하던 일을 계속하라. 다만 시간을 돈으로 바꾸려는 생각만 버리면 된다. 떨어지는 낙엽에서, 떠오르는 태양에서, 무심코 지나는 길에서 자신의 일을 발견하라. 발견해서 결합하고, 다시 분류하고 원하는 방향으로 변주하라. 그렇게 당신의 카테고리를 다양하게 창조하라. 그게 바로 진짜 쉬는 사람의 풍모다.

그리고 세상에 다시 나와,
당신만의 무대에 서라.
이제 당신의 시간이다.
시간을 주고 돈을 받는 그대여,
이제는 세상이 준 일을 해내려고
앉아서 집중하는 삶에서 벗어나
오십 이후의 삶을 빛낼
앉아서 집중할 일을 찾아라.
지금 당장 찾지 못하면
앞으로 영원히 찾을 수 없다.

글을 쓰지 않으면
능력을 제대로 쓸 수 없다

　　하루는 그에게 우리가 왜 글을 쓰면서 살아야 하는지 물었다. 그러자 그는 "글쓰기 능력이 곧 21세기를 제대로 살아가게 돕는 최고의 지적 능력이기 때문이지." 라고 답했다.

　　그와 나는 쓰는 사람이다. 그 지점만 같은 게 아니라, 사람들을 만나서 하는 이야기도 같다. 하루는 그와 그의 지인을 함께 만난 적이 있었는데, 내가 사람들에게 늘 하던 이야기를 그가 자신의 지인에게 똑같이 하는 걸 보며 놀랐다.

　　자신의 지인이 글로 쓸 가치가 있는 말을 했을 때

였다. 그걸 들은 그는 바로 이렇게 외쳤다.

"방금 말한 그거, 글로 쓰면 좋을 것 같아! 쓸 거야, 안 쓸 거야? 당신이 안 쓰면 내가 쓴다. 사람들이 정말 글을 안 써. 그 수많은 사람들이 내 조언대로 쓰라는 거 다 썼으면 책이 엄청나게 나왔을 거야. 그러면 인생도 완전히 바뀌었을 테지."

거의 복사본이라고 말할 정도로 내가 주변 지인들에게 하는 말이었다. 그의 말대로 세상에는 글을 쓰는 사람이 정말 별로 없다. 쓰지 않고 살면 자신의 하루가 사라지는 것과 같은데, 안타깝게도 그 중요한 사실을 모르는 것이다.

글이 우리에게 주는 가치는 또 하나 더 있다. 다음에 제시하는 5개 단어를 단순히 연결해서 한 문장을 만든다면, 어떻게 구성할 수 있을까?

'거짓, 진실, 단거리, 장거리, 승리'

누군가 이런 멋진 조합을 만들었다.
"거짓은 단거리를 달리지만,
진실은 장거리를 달립니다.
결국에는 항상 진실만이 승리하죠."

이 근사한 말은 2003년 한 인터뷰에서 이제는 세상을 떠나고 없는 마이클 잭슨이 남긴 말이다. 어떤가? 철학자가 남겼을 것 같은 이 멋진 말이 그의 입에서 그것도 즉석에서 나온 것이다. 11세라는 어린 나이에 세상에 나온 그는 평생 거짓 소문과 악담으로 고생해야 했다. 소문이 가득했지만 소문의 진원지는 알 수 없었고, 찾아가 해명이라도 하고 싶었지만 그에게 날아온 것은 자신을 알지 못하는 사람이 하는 비난뿐이었다.

물론 그는 위대한 작가는 아니었다. 하지만 그가 저 평범한 5개 단어로 어떤 작가도 완성하지 못한 근사한 문장을 창조할 수 있었던 힘은 "현실이 아무리 고통스러워도 내일이 있다는 사실을 기억하라."라는 문장을 가슴에 담고 살았기 때문이며, 그 문장을 일상에서 실천하기 위해 자신을 아프게 하는 감정과 상황을 언제나 글로 썼기 때문이다. 이에 이어령 선생은 이렇게 첨언했다.
"글은 슬픔과 고통의 껍데기를 벗고, 새롭게 시작하기 위해 쓰는 것이다."
마이클 잭슨이 언어로 남길 수 있는 것은 글로, 이미지로 남길 수 있는 것은 그림으로, 나머지는 모두 음악으로 남긴 것처럼, 당신도 삶의 중간중간 글로 슬픔과 아픔에 대해서 써 보라. 글을 쓰지 않으면 고통과 슬픔을

등에 지고 살게 된다. 모든 힘을 단순히 견디는 데 사용
하면 자신의 능력을 펼치지 못하게 되기 때문이다. 그러
니 지금 느낌과 감정을 글로 써라. 글로 쓰지 않는 삶은
모두 바람처럼 사라진다. 쓰는 사람만이 자신의 능력을
쓸 수 있다.

페이지를 멈추는 게
진짜 독서다

　　30년 넘게 글을 쓰고, 괴테의 책만 1년에 한 권을 읽는 삶을 살면서 내가 스스로 정의한 독서는 이것이다.

　　"독서는 마지막 페이지를 만나기 위해서가 아니라, 멈출 지점을 만나기 위해서 읽는 것이다."

　　내 정의를 들려주자 그는 바로 이렇게 답했다.

　　"맞아. 그게 바로 내가 늘 강조하는 거야. 보통 책을 제대로 읽지 못하는 사람들이 어떤 내용이 어디에 있는지에만 집중하지. 외우려고만 한다는 거야! 정보란 아침에 탔다가 저녁에 내리고 나면 잊어버려도 되는 열차의 좌석번호와 같은 것인데, 엉뚱하게 거기에만 집중해서 아무것도 얻지 못하는 거야."

그의 말에 안타까운 마음이 들었다. 수많은 사람이 지금도 같은 문제로 고민하고 있으니까. 독서를 제대로 하지 못하면 제대로 살아갈 수가 없다. 여러 곳에서 다양한 경험을 아무리 쌓아도 삶에 변화가 없는 사람들이 많다. 아는 사람은 어디에 가도 무언가를 발견하지만, 모르는 사람은 세계 최고의 작품 앞에 서 있어도 아무런 영감도 받지 못한다. 중요한 건 대상이 아니라 대상을 바라보는 나 자신의 수준이다.

이에 그는 굳이 책을 시작부터 끝까지 읽을 필요가 없다며 이렇게 말했다.

"좋은 책은 1페이지만 읽어도 더 읽을 수 없을 정도로 진한 충격과 감동을 주니, 오히려 다 읽기 힘들 수 있다네!"

한 줄로도 한 권에서 얻을 수 있는 감동을 느끼는 사람이라면 오히려 한 권을 모두 읽는 게 힘들 것이다. 굳이 한 권을 모두 읽을 필요는 없다. 감동을 느낀 한 줄로 영감을 키우고 발전시키는 데 시간을 투자하는 것이 진정한 독서이기 때문이다.

그는 자신의 독서법을 이렇게 설명했다.

• 아무리 친한 친구라도 하루 24시간 꼭 함께 있어야 하는 건 아니듯이, 소설도 마음에 남는 장면을 읽다가 지루하면 잠시 놓아도 된다.

• 클래식 음악을 굳이 4악장까지 다 듣지 않아도 테마곡 소절만 알면 어느 정도 짐작할 수 있듯, 책도 핵심 키워드를 파악할 수 있다면 전체를 읽은 경험을 할 수 있다.

진짜 독서는 전진이 아니라 멈출 지점을 발견하는 것에서 시작한다. 많은 책을 다 읽을 필요도 없으며, 남들이 어렵다고 말하는 책을 선택해서 굳이 어렵게 고생하며 읽을 필요도 없다. 중요한 건 남들이 모두 아는 정보를 머리에 쌓는 게 아니라, 내 눈에만 보이는 영감을 내면에 쌓는 것이다. 그런 독서는 완주의 끝이 아니라 과정 하나하나에 집중해야 할 수 있다.

당신은
누구를 위해 일하는가?

인터넷 검색 사업으로 성장한 구글의 직원들이 자신의 자녀들에게 금지하는 게 2가지 있다. 바로 인터넷과 스마트폰이다. 스마트폰의 창시자인 스티브 잡스도 생전에 자신의 자녀들에게는 스마트폰을 사용하지 못하게 했다. 더욱 놀라운 건 스티브 잡스의 자녀들이 아이패드를 써 본 적도 없다는 사실이다. 그는 아이들에게 스마트폰이나 아이패드를 주는 대신, 부엌에 있는 긴 식탁에 둘러앉아 다양한 주제를 놓고 토론을 즐기며 사색할 수 있는 시간을 주었다.

인터넷과 스마트폰으로 성장한 두 기업의 대표와 직원들이 정작 자기 자녀에게는 자신이 공들여 만든 상품을 권하지 않는 이유가 뭘까? 지금 우리에게 중요한 건 분노가 아닌, 이유를 찾아내는 것이다. 그들은 스스로 수많은 제품을 창조한 경험을 통해서, 누군가 만든 지식을 주입받는 것보다 자기 머리로 사색하는 게 중요하다는 걸 잘 알았기 때문이다. 그게 바로 창조의 힘이다.

이쯤에서 우리는 피터 드러커의 말을 되새겨 봐야 한다.

"인류의 절대 다수인 99%의 사람은
사색하는 1%의 사람 밑에서 노동한다."

다 읽었다면 이번에는 이 질문에 한번 답해 보라.

"빌 게이츠, 워런 버핏, 마크 저커버그 등 세계 최고의 부자들과 괴테, 칸트, 니체 등 세계적인 고전 작가들의 공통점은 뭘까?"

답은 그들 모두가 뛰어난 사색가였다는 부분에 있다. 사색이 깊어지면, 우리는 두 갈래 길을 만나게 된다. 하나는 사업가가 되는 길이고, 다른 하나는 사색가로 살아가는 길이다. 물론 선택은 자신의 몫이고, 둘 다 세상을 돕는 아름다운 길이다. 나는 사색가의 길을 선택해서 세상에 사색의 힘을 알리는 데 모든 힘을 쏟고 있지만, 그럼에도 내가 동네를 사색하면서 주변에 있는 기업체와 각종 상점을 주의 깊게 관찰하는 이유는 내 안에 사업가적인 영감도 존재하기 때문이다.

내가 당장 돈이 되지 않는 사색가로 살지만, 내일을 두려워하지 않을 수 있는 이유도 바로 거기에 있다. 지금 당장 시작해도 잘될 수밖에 없는 사업 아이템이 내겐 몇 개 있다. 다만 나는 사색가의 길을 선택했기 때문에 사색에 충실한 삶을 살 뿐이다. 언제든, 무엇이든 시작할 수 있다는 자신감은 상상 이상으로 그걸 가진 사람에게 안정감을 준다.

반면 사색가인 스티브 잡스와 마크 저커버그는 사업을 선택했다. 일상에서 사색을 하면서, 그들은 세상에 외로움을 견디지 못하는 사람이 가득하다는 사실을 알았다. 그리고 어떤 형태로든 타인과 연결되어 있지 않으면 견디지 못하고 괴로워하는 사람들을 위한 사업을 구상했다. 그렇게 그들은 '사람과 사람을 연결하면 비즈니스로 이어진다.'라는 명제를 가슴에 품고 잘될 수밖에 없는 완벽한 상품과 서비스를 만들어 냈다. 지금 우리가 활용하는 다양한 애플 제품이나 페이스북 등이 바로 그 결과물이다.

　　물론 처음부터 성공 확률이 높은 사업은 없다. 중요한 건, 어떻게 해도 되지 않을 것 같은 사업을 잘될 수밖에 없는 사업으로 만들어 내는 일이다. 그리고 그 중심에는 사색이 있다. 사색을 통해 모든 부정적인 상황을 낙관할 수 있는 환경으로 바꿔 놓는 사람이 바로 성공할 수밖에 없는 사업가다.

　　최근에 만난 한 중견 기업 대표는 하루 3시간만 자는 강행군을 이어 갔지만, 하루 4시간 사색을 잊지 않고 실천했다. 그는 하루 4시간 사색을 통해 앞으로 10년 동안 기업을 이끌 경영 전략을 치밀하게 구상한다고 말했다. 남들이 볼 땐 그가 그저 망상에 잠기는 것처럼 보일 수 있지만, 그는 하루 4시간 사색으로 기업의 10년을 내다보며 성공할 수밖에 없는 완벽한 전략을 세우고 있었다.

　　그래서 세계 최고 기업을 이끄는 CEO들이 가장 심각하게 고민하는 문제는 "어떻게 하면 더 많은 돈을 벌까?"가 아니라, "어떻게 하면 사색하는 시간을 더 많이 확보할 수 있을까?"이다. 하는 일도 스타일도 모두 다르지만, 그들에게는 반드시 사색을 실천한다는 공통점이 있다. 물론 바쁜 일정을 쪼개 사색할 시간을 갖는 것은 쉽지 않다. 하지만 그들은 출근하는 자동차 안에서, 출장을 떠나는 비행기 안에서, 그마저도 시간이 없다면 아침 운동을 하며 사색에 빠진다. 그들이 하는 사색이 의미가 큰 까닭은 그들이 버는 돈 때문이 아니라, 자기만의 삶을 사는 사람들이기 때문이다. 사색할 수 있다는 건, 홀로 설 수 있다는 뜻이다.

이어령 선생은 내게 이렇게 말했다.

"누구를 탓하지 말고 나 자신이 주체적으로 우뚝 서야 하네. 매사에 내 생명의 주인으로서 판단해야 해. 그래야 선동에 넘어가지 않고, 남이 부채질한다고 춤추지 않을 수 있어. 우리는 인형이 아니야. 살아 있는 분명한 존재이고, 세상에 내 생명은 하나밖에 없어."

이어령 선생의 말처럼 세상에 휘둘리지 않고 자신의 삶을 살고 싶다면, 깊은 사색으로 앞서 소개한 두 갈래 길을 만나야 한다. 두 갈래 길을 만난 사람만이 주체적으로 우뚝 설 수 있기 때문이다. 가장 빠르고 완벽하게 두 갈래 길을 만날 수 있는 방법을 하나 아는데, 바로 내가 아는 최고의 사색가이자 기업가로 많은 사람의 존경을 받는 유한양행의 창립자 유일한 박사가 평소 하던 말에 그 답이 있다.

"사색하는 습관은 인간의 지적 성장을 돕는 가장 훌륭한 촉진제이다. 중요한 건, 사색의 방향이 세상에서 가장 낮은 곳에 있는 사람을 향해야 한다는 것이다."

낮은 곳에 있는 사람을 위해 일한다는 마음이 그대와 나를 가장 근사한 사색가로 키운다. 쓸쓸하고, 외롭고, 아픈 사람을 사랑하는 마음이 없는 사람은 사색할 수 없고, 사색할 수 있다고 할지라도 세상에 어떤 영향도 미치지 못한다. 거기엔 그럴 만한 힘이 없기 때문이다. 당신은 누구를 위해 일하는가? 답은 단 하나다.

"낮은 곳에서 시작하라."

지성인의 삶을 완성하는
7가지 삶의 태도

시간과 주제를 가리지 않고 대화를 나눌 때마다, 이어령 선생이 마치 습관처럼 내게 전하는 말이 하나 있다. 방법과 표현은 늘 달랐지만 말이 도착하는 곳은 언제나 같았다. 그 도착지를 그만의 특유한 언어로 표현하면 이렇다.

"왜 같은 방향으로 뛰어서 경쟁하는가? 모두가 다른 방향으로 뛰면, 모두가 자기 삶에서 1등이 될 것 아닌가!"

360명이 같은 방향으로 뛰면 1등은 1명이고 도

착 순서에 따라 360명에 등수가 매겨진다. 쉽게 말해서 줄을 서게 되는 것이다. 하지만 360명이 360도로 나누어 뛰면 모두 자기 삶에서 1등이 될 수 있다. 하지만 궁금했다. 그는 왜 날 만날 때마다 같은 이야기를 하는 걸까? 조언을 귀담아들으며 5년 이상 사색한 끝에 마침내 그 진정한 의미를 깨달았다.

그의 조언은 실제로 그렇게 다른 각도로 뛰라는 의미도 있겠지만, 결국에는 '지적인 성장'을 지향하라는 뜻이었다. 한 문장으로 풀면 이렇다.

"세상이 알려 준 지식을 거부하고,
차갑게 등을 돌릴 용기를 내라."

이 사실을 깨닫는 데 5년이 걸렸고, 다시 그 깨달음을 이렇게 글로 표현하기 위해 또 5년이라는 시간이 필요했다. 읽기에는 짧은 글이지만, 그와 내가 보낸 10년이 꼬박 녹아 있는 글인 셈이다.

대화로 나눈 지혜를 흡수하고 변주해서 지난 10년 동안 쓴, 지성인의 일상을 채우는 7가지 삶의 태도를 소개한다.

1. 귀를 막고 너 자신의 소리에 반응하라.
세상의 지식을 나만의 지식으로 바꿀 수 있어야

지성인의 삶을 살 수 있는데, 그 첫 과정은 앞서 내가 5
년 만에 깨달은 것처럼 내면의 소리를 믿고 세상의 소리
에서 등을 돌리며 시작한다. 이 과정이 가장 중요하다.
그래야 시작할 수 있기 때문이다. 세상이 반드시 기억하
고 외치라고 요청한 지식에서 등을 돌릴 수 있다면, 그대
는 지성인의 삶을 시작한 것이다. 이는 그대 자신의 감각
과 감정을 믿어야 가능하다.

2. 1초마다 다른 나를 만나라.

지성인을 만드는 최고 동력인 지적 호기심은 자
기 머리로 끊임없이 생각할 때 더 강력해진다. 이어령 선
생은 그 순간의 빛나는 환희를 "1초 전의 나와 1초 후의
나는 전혀 다른 거야!"라고 표현한다. 그런 수준에 도달
한 사람은 어디에서 무엇을 하며 살든 지루함을 모른다.
세상이 아닌, 세상을 구성하는 자신의 존재가 매일 달라
지기 때문이다.

3. 경제 자본이 아닌 문화 자본을 쌓아라.

요즘 '흙수저', '금수저' 등에 대한 이야기가 많다.
태생과 환경에 대한 기준을 도전하지 않거나 실패를 당
연하게 생각하는 도구로 쓰는 것이다. 하지만 이어령 선
생은 이에 반발하며 이렇게 이야기했다.

"나는 너무 부자도 아니고, 너무 가난하지도 않은 시골집에서 태어났지. 그러나 이건 전혀 중요한 문제가 아니야. 중요한 건 경제 자본이 아니라 문화 자본이기 때문이지."

김구 선생 역시 비슷한 말을 남겼다.

"나는 우리나라가 세계에서 아름다운 나라가 되기를 원한다. 가장 부강한 나라가 되기를 원하는 것은 아니다. 우리의 자본은 남의 침략을 막을 만하면 족하다. 오직 한없이 가지고 싶은 것은 높은 문화의 힘이다."

자본은 몇몇 사람에 의해서 획득할 수 있는 것이지만, 문화는 고귀한 의식 수준을 갖춘 개인이 모여 이루어지는 것이기 때문에 더욱 고귀하며 아름답다.

4. 사회성은 남과 잘 지내는 것만 말하지 않는다.

사람들은 보통 다양한 사람들과 원활히 지내는 사람을 보며 "그 사람 사회성이 참 좋네."라고 말한다. 하지만 이어령 선생이 정의하는 사회성은 조금 다르다. 세상에는 타인과 잘 지내는 사회성만 있는 것이 아니라, 자신과 좋은 관계를 유지하며 자신을 깊이 이해하는 '자신과의 사회성'도 있다. 게다가 후자가 더 중요할 때도 있다. 그래서 어렸을 때부터 그는 또래 아이들과는 쉽게 어울리지 못했지만, 혼자서 책을 읽고 경탄한 분야에 대해서 사색하고 연구하며 누구보다 자신을 제대로 즐기는 사람으로 살았다.

5. 늘 비참하게 틀릴 각오를 해야 한다.

지성인이란 어떤 상태를 말하는 걸까? 완벽하게 모든 것을 틀리지 않고 아는 것일까? 이에 그는 전혀 아니라고 답하며 이렇게 말했다.

"지성인이란 용기 있는 사람이지. 그건 창조의 이치와도 같다네. 창조란 다 아는 걸 가지고 결합했거나, 다 알지만 망신당할까 봐 말하지 않는 것을 말하는 거라고 생각하니까."

이어령 선생의 말처럼 그게 뭐든 스스로 생각한 거라면 '이게 틀리면 어쩌지?'라고 걱정하지 말고 오히려 비참하게 틀려도 괜찮으니 당당하게 외치겠다는 굳은 의지가 필요하다. 비웃음이나 주변의 압력 역시도 깨끗하게 거절해야 한다.

지성인의 삶은 어쩌면 자기 생각에 대한 믿음과 신뢰에서 시작된다. 누가 뭐라고 손가락질해도 그것이 내 머리에서 나온 것이라면 누구와도 타협하지 않고 외칠 용기가 필요하다. 지성은 곧 최고의 용기다.

6. 팔로우 수보다 생각을 깨우는 것이 중요하다.

온라인에서 보면 '팔로우를 빠르게 늘리는 방법'을 다루는 글도 있고 강연도 있으며 심지어는 전문 대행 업체까지 있다. 이유는 간단하다. 그걸 원하는 사람이 많기 때문이다. 하지만 그는 매우 중요한 화두를 던졌다.

"내 팔로우가 10만인 것이 중요한 게 아니야. 정말 중요한 것은 내 필터에 다른 생각이 10만 개 있다는 거지."

팔로우가 10만이라는 사실은 나와 같은 생각을 하는 10만 명의 사람이 있다는 것을 의미한다. 결국 하나라는 말이다. 그곳에서는 지성이 숨 쉬기 힘들다. 다른 생각과 주장이 공존하기 힘들기 때문이다. 물론 지지를 받고 세력을 키우는 것도 중요하다. 하지만 너무 그 안에 매몰되지 않게 늘 생각을 깨우고 사는 것이 더욱더 중요하다. 오늘은 어제가 아닌, 전혀 새로운 날이라는 것을 기억해야 한다.

7. 스스로 시작해야 스스로 끝낼 수 있다.

"나는 부모님과 다른 삶을 살겠어!"라고 말하는 자식이 많다. 그러나 정말 그렇게 될까? 쉽지 않다. 보고 듣고 배운 대로 사는 게 인간의 습성이기 때문이다. 그래서 우리에게 필요한 게 바로 과거에 대한 분명한 판단을 내리는 것이다. 왜 부모님과 다른 삶을 원하는가? 부모님의 삶을 어떻게 생각하는가? 나는 앞으로 어떻게 살아갈 것인가? 이런 질문에 대한 답을 내린 후에야 비로소 부모와 다른 내일을 시작할 수 있다. 그것이 바로 진짜 시작이다. 그렇게 시작해야 스스로 제어하며 끝도 원하는 대로 설계할 수 있다.

자신이 곧 하나의 세계라는 사실을 기억하자. 나로부터 모든 것이 시작된다. 내가 시작한다. 그리고 내가 끝낸다.

자신의 인생을 사는 사람은
준비하지 않는다

많은 사람이 강연에서 파워포인트를 사용한다. 자료에 정성을 쏟아야 전문가처럼 보이고, 듣는 입장에서도 그런 자료를 볼 수 있어야 뭔가 배운 것 같다는 생각이 들기 때문이다. 물론 실제로 교육에 꼭 필요한 경우도 있다. 예외는 있는 법이니까.

하지만 이것 하나는 변하지 않는다. 진실로 자신이 말할 내용에 대해 완벽히 경험해서 아는 사람은 굳이 따로 시간을 내서 자료를 준비하지 않는다는 사실이다. 그건 발표할 내용을 외웠기 때문이 아니라, 참석한 교육생의 표정만 봐도 순간적으로 그들에게 필요한 것을 텍스트로 변환해서 말로 표현할 콘텐츠로 창조할 수 있기 때문이다.

실제로 다양한 곳에서 수많은 주제로 강연 현장의 중심에 섰던 이어령 선생은 내게 매우 놀라운 이야기를 했다.

"나는 강연 전에 준비를 전혀 하지 않아. 그날 단상에 서서 교육생을 바라보며 발견한 첫 이미지를 텍스트로 바꿔서 강연을 시작하지."

이 과정을 잘 몰랐던 사람은 그가 단순히 아는 것이 많아서 임기응변이 강한 덕분이라고 생각할 수 있다.

하지만 이것은 결코 경험이나 지성의 영역이 아니다. 24시간 내내 자신의 삶을 살았던 덕분에 상대에게 가장 필요한 이야기를 순식간에 꺼내서 건넬 수 있던 것이다.

자신의 삶을 사는 사람은 새벽 3시에 갑자기 깨워서 전혀 색다른 주제로 당장 무대에 서서 강연을 하라고 해도, 이전과 마찬가지로 근사하게 강연을 해낸다. 24시간 내내 자신의 삶을 사는 것보다 강력한 준비는 세상에 없다.

자신의 삶을 살라.

그럼 언제 어디에서든,
최선의 당신을 보여 줄 수 있다.

물음표와 느낌표를
오가는 삶

아무리 아는 게 많아도 말을 빠르게 하면 알아듣기 힘들다. 나도 말이 꽤 빠른 사람 중 한 명이었다. 20대에는 말이 빨라서 사람들이 내 말을 완벽하게 알아듣기 힘들 정도였다. 혼자 많이 고민했다.

"말을 느리게 할 방법이 없을까?"

"왜 난 스스로 말하는 속도를 제어하지 못하지?"

하지만 그건 생각만큼 쉬운 일이 아니었다. 아무리 자각해도 나도 모르는 사이에 저절로 말이 빠르게 나오기 때문이다. 마음과 말은 신호를 지키지 않고 역주행하듯 서로 다르게 움직였다. 그런데 기적처럼 서른 살이 되어서 비로소 원하는 속도로 말할 수 있게 되었다.

그 비결은 '물음표'와 '느낌표'를 오가는 삶에 있다. 질문하는 삶을 사는 사람은 무엇을 대하든 본능적으로 그것에 의문을 가지는 동시에 관찰할 수 있다. 그리고 관찰은 우리를 조금 느리게 만들어 준다. 그래서 말이 빨랐던 사람도 질문하는 삶을 시작하면 말이 느려진다.

가정에서도 마찬가지다. 만약 아이의 말이 너무 빨라서 걱정이라면 질문이 없는 삶을 살아서일 가능성이 높다. 질문하는 아이는 고요한 상태에서 자기 생각을 원하는 방향으로 풀어내기 위해 말을 느리게 할 수 있다. 그러니 반대로 아이가 말을 느리게 한다고 걱정하지 마라. 말이 느려진다는 것은 생각이 깊어진다는 증거고, 생각이 깊어진다는 것은 아이가 자기 삶을 살기 시작했다는 증거다.

말의 속도와 질문의 가치에 대한 모든 이야기를 듣고 잠시 사색에 잠겼던 이어령 선생은 이내 내게 이렇게 조언했다.

"나도 그랬다네. 내 인생은 물음표와 느낌표 사이를 시계추처럼 오고 가는 삶이었지. 세상이 말하는 유식하거나 천재였던 게 아니라, 궁금한 게 많았을 뿐이야.

모든 사람이 당연하게 여겨도 스스로 납득이 안 되면 하나라도 그냥 넘어가지 않았으니까. 물음표와 느낌표 사이를 오가는 것이 내 인생이고, 하루하루의 삶이 거기에 있었다네. 그래서 나는 어제와 똑같은 삶은 용서할 수 없어. 관습적으로 삶을 반복하는 건 산 게 아니잖아."

질문할 줄 아는 사람은 언제나 빈틈이 없다. 빈틈이 없다는 것은 빡빡하다는 것이 아니라, 어떤 말을 해야할 때와 참아야 할 때를 정확하게 알고 제어한다는 의미다. 그들의 하루를 예로 들어 관찰해 보자. 최고급 식당에 몸에 딱 맞는 슈트를 빼입은 멋진 서버가 있다. 그는 식사를 즐기는 손님을 빈틈없이 관찰하다가 무언가를 해야 할 상황이 왔을 때 1초의 망설임도 없이 다가가 와인을 따르고, 식기를 교체하고, 물을 따른다. 질문할 줄 아는 사람은 이 서버처럼 행동에 절도와 기품이 넘친다.

또한 질문하면 답을 얻게 된다. 지성의 기준으로 볼 때, 이는 결코 간단한 문제가 아니다. 물음표를 가슴에 품으면, 느낌표를 머리에 쌓을 수 있다는 말이기도 하기 때문이다. 이를 통해 우리는 자신의 감정을 제어하며, 하루 24시간을 원하는 대로 살 수 있다. 빠른 말의 속도도 제어할 수 있고, 감정이 앞서 나가는 급한 성격도 바

꿀 수 있다. 이 모든 것이 '느낌표'와 '물음표'를 오가며
사는 사람만이 할 수 있는 삶이다.

비난과 무례한 태도에
대처하는 방법

"선생님을 비난하고 무작정 싫어하는 사람도 많았을 것 같은데, 그럴 때마다 어떤 방법으로 극복하셨나요?"

"극복? 그걸 왜 극복해! 무시하는 거지. 누군가 나를 바보라고 부른다고 내가 바보가 되는 건가? 그건 아니잖아. 나를 제대로 알지도 못하는 사람들의 평가에 왜 그렇게 많은 시간을 쓰며 걱정하는 거야. 타인의 비난에 신경을 쓰는 게 가장 어리석은 거야. 신경 자체를 쓰지 않고 스치는 게 가장 멋지게 복수하는 거라고 말할 수 있지. 다른 사람이 등 뒤에서 던지는 못된 말과 평가에

너무 많은 신경을 쓴다는 건, 당신이 그 분야의 프로가
아니라는 사실만 증명하는 거야."

"선생님의 생각이나 기획을 몰래 가져다가 자신
의 이익에 맞춰서 활용하는 사람도 많았을 텐데, 그런 장
면을 목격할 때 기분이 어떠신가요?"

"아무 생각도 하지 않아. 우리는 결국 사는 내내
끊임없이 새로운 우물을 파는 거야. 그 우물에서 어떤 물
이 나오든 굳이 그걸 탐하지는 않아. 다만 필요한 사람이
가져가면 되지. 그러니 원망도 분노도 없어. 난 언제나
다시 시작하면 되니까. 나는 내 계획을 모두 공개하지 비
밀이 없어. 대단한 건 방법이 아니라 실천에 있는 거야.
다들 말로만 그렇지 실제로 하지는 않잖아. 여기 지난 수
십 년 동안 꾸준한 나를 봐. 내가 실제로 그렇게 살잖아.
죽음이 코앞에서 위협하고 있지만 이렇게 김 작가를 만
나 대화하고, 당신이 돌아가면 나는 글을 쓰겠지. 내가
말한 대로 나는 살고 있잖아."

누구나 인생을 살다 보면 잘 모르는 사람들이 비
난하는 말과 무례한 태도를 경험하게 된다. 그도 마찬가
지였다. 아니 오히려 보통의 사람들보다 몇 배나 많은 고
통을 겪었을 것이다. 하지만 그것들이 그에게 고통이 되

지 못한 이유는 그가 철저히 거절했기 때문이다. 방법은 간단하다. 누가 뭐라고 해도 자신이 생각한 대로 일에 전념하고, 말이 곧 삶이 되는 삶을 사는 것이다. 그렇게 살아간 일상이 모이면 그 사람의 자부심이 되고, 그 자부심은 스스로를 빛나는 존재로 만들어 준다.

죽음 앞에서 보내는
생명력 넘치는 하루

죽음이 바로 앞에 서 있음에도 열정을 불태우며 오히려 예전보다 치열하게 사는 힘은 대체 어디에서 오는 걸까? 그를 만나러 가는 내내 궁금했다. 결국 그 궁금증은 만나자마자 이런 인사말을 하게 만들었다.

"요즘 예전보다 더 활발히 활동하시는 것 같습니다. 글도 많이 쓰시고, 사람도 많이 만나시고, 강연도 여전히 많이 하시더라고요."

섬세한 그가 내 마음을 눈치채지 못할 리 없었다.

"죽음을 눈앞에 두고도 여전히 생명력이 넘치는 하루를 보내는 비결이 궁금한 거지? 뭘 그렇게 돌려서

묻나. 편안하게 질문하게. 그리 어려운 이야기도 아니니까."

햇살 아래에서 그가 잠시 눈을 감더니 깊은 음성으로 이렇게 말했다.

"살기 위해서는 수많은 사람들과 자연, 그리고 각종 물건의 도움이 필요하지. 그래서 내가 그랬잖아. 결국 살면서 내가 이룬 모든 것은 세상으로부터 받은 선물이었다고. 그런데 전혀 도움이 필요하지 않은 게 하나 있어. 그게 뭔지 알아?"

내가 고민하자 그는 잠시 기다렸다가 이내 입을 열었다.

"바로 죽음이야. 죽는 데는 아무런 도움도 필요하지 않지. 살면서 수많은 선물을 받았으니, 이제 나는 죽음을 통해 그들에게 받은 선물을 돌려주는 거야. 그러니 좋은 죽음은 선물이라고 말할 수 있지."

그는 죽음을 앞둔 어느 날 자신이 죽어가는 나날을 찍어 방송 프로그램을 만들었다. 사실 그는 촬영을 하며 내게 이런 제안을 했다.

"앞으로 나처럼 죽어가는 사람들을 모아서 다큐멘터리 프로그램을 시리즈로 만드는 거야. 시한부로 사는 사람들을 섭외해서 만들면 의미가 있지 않을까?"

　　그러나 세상에 과연 누가 이런 프로그램에 나오려고 할까? 자신이 시한부라는 사실을 죽을 때까지 인정하지 못하거나, 필사적으로 살기 위해 분투할 시간도 부족하다고 생각할 텐데. 삶을 선물이라고 생각하고, 죽음은 그간 받은 선물을 돌려주는 것이라 생각할 수 있을 만큼 마음이 넉넉한 이어령 선생만이 가능한 일일 것이다.

　　나는 당신이 이 말을 오래오래 기억해주면 좋겠다. 자신의 말을 그대로 실천하며 농밀하게 사는 사람의 죽음은 혼자 힘으로 쌓는 최고의 명성이다.

'유일한 삶'을 살게 하는
이어령의 5가지 조언

"나이가 들고 세월이 흐르면 시간이 없으니까,
지금 자기가 좋아하는 여행부터 하게."

그가 문득 내게 던진 화두다. 물론 그가 말하는
여행이란 어떤 공간으로 떠나라는 것이 아니라 자신이
원하는 방향을 선택해서 유일한 삶을 살라는 조언이다.
몸의 이동이 아닌 내면의 이동을 말하는 셈이다. 때로 멋
진 삶은 인정할 수밖에 없는 증거의 역할을 하기도 한다.
그를 좋아하지 않는 사람도 그가 자신만이 살 수 있는 유
일한 삶을 살았다는 사실은 인정할 수밖에 없을 것이다.

그는 하고 싶은 것을 하고 싶을 때 실제로 하면서 살았고, 하기 싫은 것은 하지 않았다. 중심을 잡고 살았던 덕분에 어떤 변화에도 흔들리지 않았고, 내일을 짐작하며 주변 사람들의 지적 등불이 되어 주었다. 그에 대한 모든 것을 알 수는 없다. 하지만 그가 세상을 떠나기 전 10년 넘게 지속적으로 만나 대화를 나누며 지성에 대한 연구를 했던 내게, 그가 유일한 삶을 살았던 힘이 대체 어디에서 왔는지를 그게 필요한 독자께 전달하고 설명하는 것이 나의 책임이라 생각하며 소개한다.

1. 죽음도 막을 수 없는 너의 일을 찾아라.

세상에서 가장 인간을 절망하게 만드는 소리 중 하나는 "죄송하지만, 암입니다."라는 의사의 진단일 것이다. 그러나 그는 그 고통스러운 소리를 듣고 오히려 희망을 봤다.

"아직 내게 시간이 있구나. 진짜 하고 싶은 것을 하자."

실제로 그는 암이란 이야기를 듣는 순간, '이제 죽었구나!'라는 절망이 아닌, '쓰고 싶은 글을 쓰고 죽자'는 희망을 품었다. 평생 수많은 일을 했지만, 자신이 어떤 사람인지 누구보다 잘 알았다.

"나는 글을 쓰는 사람이며, 글을 썼기에 지금까

지 다양한 일을 할 수 있었다."

그는 암 선고를 받았지만 항암 치료를 전혀 하지 않고 오직 자신이 해야 할 글쓰기에 몰입하며 살았다. 이처럼 죽음 앞에서도 자신이 지금 무엇을 해야 하는지 명확하게 아는 사람은 늙어도 늙지 않는다. 죽어도 죽지 않는다. 그래서 그는 죽는 날까지 청춘이다.

2. 젊은이는 늙고 늙으면 죽는다.

우리는 결국 모두 죽는다. 사람은 누구나 자기 삶의 마지막에 이르면 자신을 정의할 한마디를 남긴다. 매일 명언을 남긴 그의 87년 평생을 대표할 한마디로 내가 꼽는 것은 바로 이것이다.

"젊은이는 늙고, 늙으면 죽는다."

그는 평생 죽음을 기억하며 살았다. 언제 죽을지 모른다고 생각하면 생이 농밀해질 수밖에 없다. 죽음이 최고의 발명품이라는 사실을 알았던 그는, 평생 죽음을 앞에 두고 살며 몇 명이 살아도 할 수 없는 일을 단 한 번뿐인 생에 완벽하게 해냈다. 그래서 그는 '메멘토 모리(Memento Mori, 죽음을 기억하라)'라는 말을 강조한다.

그러나 같은 문장을 읽어도 반응은 전혀 다르게 갈린다. "어차피 죽는 거 오늘을 즐기며 사는 거지!"라고 생각할 수도, "지금 당장 나라서 할 수 있는 일을 하자!"

라고 생각할 수도 있다. 무엇이 영원할 수 있을까? 술은 마르고 음식은 썩어 사라지지만, 한 사람이 남긴 사랑과 희망은 다음 세대로 영원히 살아 전해진다는 것만 기억하면 된다.

3. 자기 삶의 시인으로 살라.

여기저기에서 시를 읽으라고 하며 시의 가치를 강조한다. 이유가 뭘까? 유일한 삶을 사는 비결이 거기에 모두 녹아 있기 때문이다. 굳이 예술을 직업으로 삼지 않아도 시인이 시를 쓰듯 장사를 하고 기업 경영을 하면, 아무도 따라올 수 없는 창조적인 기업을 만들 수 있다. 그가 평생 강조한 'best one이 아닌 only one의 삶'으로 가는 길이 바로 거기에 있다.

최고는 곁에서 볼 땐 멋지지만 평생 타인과 경쟁하며 순위를 다퉈야만 한다. 하지만 유일한 자신의 삶을 사는 사람에게는 오직 어제의 자신만이 유일한 경쟁자이다. 그런 사람은 누구도 의식하지 않고 자기 길을 편안하게 걸어갈 수 있다.

좋은 시집을 자주 읽으며 시인이 어떤 마음으로 어떤 과정을 통해 시를 썼는지 섬세하게 관찰해 보자. 그렇게 깨달은 모든 것을 자기 일에 적용하며 살면, 유일하다는 것이 무엇인지 조금씩 짐작할 수 있을 것이다.

4. 나의 시선이 내가 살아갈 자본이다.

그는 1952년 당시에도 공부를 잘하면 갈 수 있는 의대나 법대가 아닌 국문과에 진학했다. 한편 나도 《사색이 자본이다》라는 책을 내며 '당신이 당신의 눈 그리고 가슴과 머리로 생각할 수 있도록 돕습니다.'라는 캐치프레이즈를 걸고 사색가의 삶을 시작했던 터이기에, 세상이 중시하는 과가 아닌 자신의 소망을 선택한 그의 삶 자체가 인문학이 전파하는 가치와 맞닿아 있다는 생각이 든다.

인문학을 실천하는 삶이란 결국 같은 것을 다르게 바라보며, 그것을 자기 삶에 적용하는 것을 말한다. 어떤 프레임도 그를 가둘 수 없으며, 어떤 직업도 그를 정의할 수 없다. 경계를 허무는 삶 속에서 그는 평생 다양한 우물을 팠고, 죽음을 마주했을 때는 죽음이 알려 주는 삶의 마지막 우물을 파기도 했다.

치료를 거부한 이유는 세상의 소리가 섞이면 죽음을 제대로 바라보며 느낄 수 없기 때문이다. 바라볼 수 있다면 담을 수 있고, 담은 것을 서로 연결해 의미를 부여할 수 있다면 의미를 남길 수 있다. 나의 시선이 곧 내가 살아갈 자본이라는 사실을 그가 죽음을 통해 우리에게 알려 준 셈이다.

5. AI의 성장 방향을 결정하는 주인이 되어라.

그는 늘 "계급사회가 위험한 것이 아니라, 계급과 계급 사이에 통로가 없는 것이 위험하다."라고 말했다. 디지털과 아날로그를 합친 '디지로그'가 되어야 후기 정보화 사회가 온다고 예상했고 그 예상은 적중했다.

그러나 중요한 것은 그의 예상이 적중했다는 사실이 아니라, 그가 왜 세상에 디지로그를 내놓았는지 그 이유를 파악하는 것이다. 이미 그는 오래전부터 이런 주장을 해왔다.

"계급과 계급 사이에 통로를 내야 모두가 살 수 있다."

"디지로그의 움직임을 파악하고 빠르게 준비해야 생존이 가능하다."

하지만 우리는 늘 그가 바라보는 지점이 아닌, 손가락 끝만 바라보며 제자리걸음만 한 것이다.

인간보다 잘 뛰는 말을 이기려면 어떻게 해야 할까? 아무리 연습해도 인간은 말보다 빠르게 오래 달릴 수 없다. 그러나 방법은 있다! 말은 인간의 머리 위에 탈 수 없지만, 인간은 말의 등에 올라타 말의 방향과 힘을 제어할 수 있다는 사실이다. AI도 마찬가지다. 굳이 AI를 이기려고 할 필요가 없다. 말처럼 올라타서, 기계가

할 수 있는 이성적인 일과 기계가 못하는 감성의 영역을
합치면, 얼마든지 그의 장점을 활용해서 나의 강점으로
쓸 수 있다.

자신의 힘으로 자전거의 페달을 돌려 지구를 한
바퀴 도는 일도 대단한 일이지만, 자기 자신의 내면을 한
바퀴 도는 일은 더욱 위대한 일이다. 하루라도 더 빨리
자기 삶을 위한 페달을 밟자. 살아 있다는 것은 축복이
다. 그래서 죽음만큼 절박하고 소중한 게 없다. 그가 자
신의 삶으로 증명한 것처럼 언제나 죽음을 기억하라. 그
리고 모든 창조가 바로 거기에서 시작한다는 사실을 잊
지 말라.

'지식 습득자'에서
'지식 창조자'로 진화하라

      그간 참 오랫동안 이어령 선생을 만나 수많은 대화를 나눴지만, 식사를 즐긴 적은 몇 번 없다. 특히 저녁 시간 이후에는 아예 만난 적도 없다. 이유는 간단하다. 서로가 굳이 그런 자리를 원하지 않았기 때문이다.

      내 책에서도 몇 번 언급했지만, 그는 대학 입학 후 저녁 6시 이후에는 외부 약속을 거의 잡지 않는다. 사색하며 집필하는 시간으로 정했기 때문이다. 나도 마찬가지다. 사색가에게는 그게 당연한 일이니까, 굳이 그 이유를 묻지도 않는다. 그렇게 비슷한 시간을 보낸 사람들은 처음 만나도 그리 많은 말이 필요하지 않다. 하나만 알면 나머지 모든 것을 짐작할 수 있기 때문이다.

그런 삶의 루틴을 통해 그는 엄청난 지성을 세상에 배출했다. 세상을 떠난 그가 여전히 최고의 지성으로 회자되는 이유는 엄청난 지식을 쌓았기 때문이 아니라, 엄청난 지식을 사방에 흩날렸기 때문이다. 단순하게 쌓는 사람은 배우기만 하는 사람이고, 그것을 일정한 규칙과 원칙으로 사방에 배치할 수 있는 사람은 지식으로 무언가를 창조할 수 있는 사람이다.

저녁 6시 이후 혼자만의 시간을 통해 사색하지 않았다면 그도 역시 쌓기만 하는 사람으로 남았을 것이다. 하나를 배워 열을 깨우친다는 것은 배운 하나를 열 개로 쪼개 사방으로 퍼뜨릴 수 있다는 것을 의미한다. 이를 통해 그는 '지식 습득자'가 아니라 '지식 창조자'의 삶을 살 수 있었다.

"어떻게 하면 그런 삶을 살 수 있나?"라는 내 질문에 그는 놀라운 이야기를 들려주었다. 평소 그는 자신의 생각에서 나오지 않는 말은 입에 잘 올리지 않는 편인데, 거의 처음이라고 말할 수 있을 정도로 한 대학생에게 들었던 이야기를 내게 전해 주었다. 매우 중요한 의미가 담겼기 때문이다. 이야기는 간단하지만 그 의미는 매우 특별하다.

　　동네에서 바둑을 좋아하며 잘 두는 고등학생이
있었다. 그 학생은 거의 모든 사람에게 이겼지만 동네 형
에게는 매번 졌다.

　　"어쩌면 이렇게 매일 질 수가 있지!"

　　아무리 기를 써도 이길 수 없으니 억울한 나머지
공부도 손에 잡히지 않았다. 눈만 뜨면 공부를 해야 할
시기에, 동네 형이랑 바둑을 두는 장면만 허공에 그리며
살았다. 그러던 어느 날, 마침내 그 형을 이겼다. 형을 이
긴 뒤부터 자신감을 되찾아 공부를 열심히 했고, 마침내
한국 최고 대학에 합격했다. 그가 바로 찾아간 곳은 동네
형의 집이었다. 문을 열자마자 그는 이렇게 말했다.

　　"그때 형에게 바둑을 이긴 덕분에 자신감을 되
찾았지. 그렇게 열심히 공부해서 원하는 대학에 합격했
어!"

　　의미심장한 표정을 짓던 형은 이제야 고백한다는
표정으로 이렇게 말했다.

　　"몰랐구나. 그거 내가 일부러 져 준 건데."

　　매번 바둑에 져서 자신감을 잃은 후배가 자신감
을 되찾아 공부하면 좋겠다는 생각에 동네 형이 져 준 것
이었다.

　　그가 이 이야기를 귀한 마음으로 전해 준 이유는, 인간만의 가치를 잃지 말라고 당부하고 싶었기 때문이다. 지식을 습득하기만 하는 삶에서 벗어나 지식을 창조하는 사람으로 진화하는 비결이 바로 거기에 있다.

　　기계는 지는 법을 모른다. 또한, 누군가의 미래를 생각해서 잠시 실력을 감추는 법도 모른다. 빠르게 계산할 수는 있지만, 할 수 있는 걸 못하는 것처럼 감추는 법도 모른다. 인간만이 인간에게 감동과 지식을 줄 수 있는 것이다. 그것이 바로 인간이 가진 최고의 가치이며, 잃지 말아야 할 소명이다.

나만 할 수 있는 일을
하고 있는가?

　　하던 일이 잘되거나 뭘 시작해도 결과가 잘 나올 때, 사람 마음은 거의 비슷하다. '자랑하고 싶은 마음'이 생겨나고, '나는 대단한 사람'이라는 생각도 든다. 그러나 그때는 가장 멋진 순간이 아니라, 오히려 조심해야 할 가장 위험한 순간이다. 하루는 내 책이 베스트셀러 순위에 올랐다는 사실을 알리자 이어령 선생이 걱정스러운 표정으로 내게 이렇게 조언했다.

　　"지금까지 인생을 살면서 나도 모든 게 잘된 건 아니야. 잘 나갈 때는 수많은 사람이 나를 만나러 찾아오지. 그런데 인간이 참 간사해. 그러다가 일이 잘 풀리지 않으면 그 수많은 사람이 다 날 떠나. 참 신기하지. 다들 약속이라도 한 것처럼 움직이니까. 그래서 잘될 때나 잘 되지 않을 때, 늘 마음을 차분히 유지하는 게 중요해. 왜냐하면 나는 다 겪었거든. 그 사람들이 웃으며 다가오는 것도 봤고, 비웃으면서 떠나는 것도 다 봤단 말이야."

"아, 선생님도 그런 경험이 있군요. 저는 선생님이 늘 모든 게 잘 풀리고 멋지게 해내셨을 것 같았습니다."

"쉽지 않아. 결코 쉬운 일이 아니지. 내가 '베스트 원'이 아니라 '온리 원'이 되어야 한다고 강조하는 이유도 거기에 있어. 온리 원이 되면 경쟁에서 자유를 얻고, 사람들이 오가는 모습을 더는 안 봐도 되니까. 늘 차분함을 유지하게. 그리고 온리 원이 되는 삶에 집중해. 그래야 대체가 불가능한 사람이 될 수 있으니까."

이건 단순한 깨달음이 아니었다. 그는 내게 그냥 하는 말로 온리 원이 되라고 한 것이 아니었다. 아무리 뛰어난 결과를 내도 경쟁을 한다는 것은 언제든 다른 사람으로 대체가 가능하다는 말이다. 하지만 온리 원이 된 다면 누구도 나를 대체할 수 없다. 그날 나는 나의 내면을 바라보며 이런 생각을 해 봤다.

당신도 가슴 속에서 당신을 흔드는 꿈과 희망을 떠올리면서, 다음 글을 낭독하듯 읽으며 내면에 담아 보라.

일이 잘 풀리거나 반대로 잘 풀리지 않을 때,
요동치는 감정을 차분히 유지하라.
그리고 자신에게 질문하라.

'나는 나만 할 수 있는 일을 하고 있는가?
지금 얻은 결과는 내가 원하는 결과인가?'

차분히 자기만의 길을 선택해서 걸어가라.
자유와 희망이 가득한 온리 원의 삶을 살라.

죽음까지 온전히 활용하고
세상을 떠나라

지금까지 언급한 것처럼 암에 걸렸다는 진단을 들은 그가, 마지막으로 선택한 것은 글쓰기다. 보통은 "아니, 왜 그렇게 아픈 몸으로 글을 쓰세요?", "굳이 돈이 필요한 것도 아닌데."라고 말하겠지만, 어떤 상황이나 사람에게서 재능과 경쟁력을 발견할 줄 아는 사람이라면 그에게 이런 질문을 던질 것이다.

"죽음을 곁에 두고도 글을 쓰지 않으면 안 될, 그 이유가 대체 무엇인가요?"

"무엇이 당신을 죽는 날까지 쓰게 만드나요?"

질문의 방향을 바꾸면, 이전에는 존재하지 않았던 이런 놀라운 답을 찾을 수 있다.

"죽음에 굴복하지 말고, 최대한 활용하라!"

이는 실제로 내가 질문해서 그에게 얻은 답이다. 그는 죽음을 악연이라 생각하지 않고, 친구라고 생각하며 곁에 둔 채 관찰하며 살았다. 세계에서 가장 오래 살 수 있는 사람도 죽음과 생명의 길이로 승부하면 죽음을 이길 수 없다. 그건 아무리 많은 세월이 흘러도 변하지 않는 사실이다. 하지만 인간이 죽음이라는 놈과 승부해서 이길 수 있는 방법이 하나 있다. 이어령 선생은 이렇게 답했다.

"그 질긴 생명력을 가진 죽음이라는 놈을 활용하면 돼. 나는 1초도 고개를 돌리지 않고 죽음을 관찰하고 있다네. 평생 딱 한 번만 볼 수 있는 광경이잖아. 치밀하게 관찰해서 내가 본 게 과연 무엇이었는지 글로 써서 모두에게 알려주겠네."

그의 문장에는 느낌표가 없지만, 느낌표 이상으로 뜨거운 감정이 충분히 느껴진다. 누구나 말할 수 있는 단어와 문장이지만, 언제나 가장 처음 입으로 내뱉는 것이 힘들다. 그게 바로 창조적인 삶을 사는 고통이자 어려움이다. 처음에는 말이 되지 않지만 시간이 지나면 그것이 삶의 진리가 된다. 그래서일까?

"여러분이 듣는 지금 이 강의가 나의 마지막 강의일 수도 있습니다."

그가 죽는 날까지 매번 강의를 시작하기 전에 했던 말이다. 그는 결코 아픈 몸을 핑계로 삼지 않았다. 오히려 죽음을 연료로 삼고 더욱 세차게 전진했다. 마치 이 순간을 놓치면 영영 기회를 놓친다는 표정으로 말이다. 그가 세상을 떠난 지금, 글을 쓰면서 사실 내 마음은 너무 아프다.

'그는 혼자서 얼마나 외로웠을까?'

하지만 그건 죽음을 두려워하는 보통 사람의 마음에 불과하다는 사실을 나는 잘 알고 있다. 마치 등산가가 가장 높은 산을 올라가는 것처럼 그는 죽음이라는 거대한 산을 뛰어가듯 달려가고 있었으니까. 강연을 주최하는 측에서 그를 배려해 앉을 의자를 제공했을 때도, 단한 번도 자신의 몸을 의자에 허락하지 않았다. 쉽게 이해하기 힘든 그의 모든 행동을 '죽음을 활용한다'는 관점에서 보면 쉽게 고개를 끄덕일 수 있다.

2부

다시, 생의 한가운데

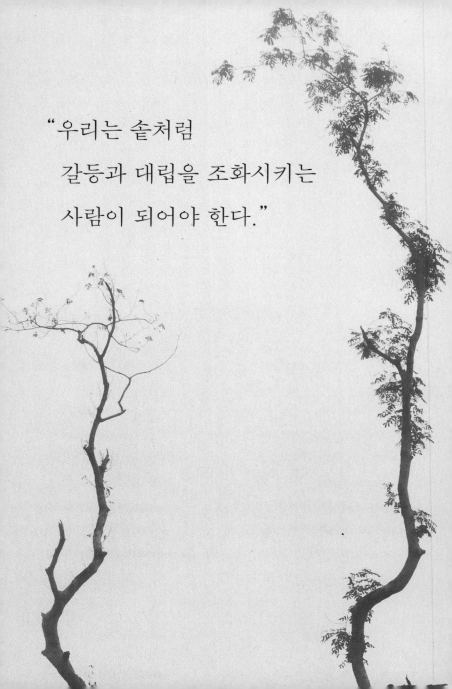

"우리는 솥처럼

갈등과 대립을 조화시키는

사람이 되어야 한다."

확실히 안다는 착각에서
벗어나려면

그는 딸 이민아 교수가 세상을 떠난 뒤, 그녀가 어릴 때부터 아버지의 명성에 먹칠하지 않기 위해 공부를 열심히 했다는 소식을 듣고, 고통의 눈물을 흘리며 딸이 떠난 하늘을 향해 이런 글을 썼다.

"아빠에게 사랑받고 싶어서 시험공부를 열심히 했다니. 저런. 나는 네가 빵점을 받아 와도, 대학 시험에 떨어지고, 남들이 바보라고 손가락질을 해도 세상 천하에 대고 말할 거다. '민아는 내 딸이다, 나의 자랑스러운 딸이다.' 하고 말이다. 그런데 아빠에게 사랑받기 위해, 아빠 명예에 먹칠하지 않기 위해 그랬다니. 더 말하지 말

자. 참으려고 해도 또 눈물이 난다. 굿나잇. 이 바보 딸아, 못난 딸아. 아빠의 사랑을 그렇게 믿지 못했느냐. 이제 시험지를 찢고 어서 편한 잠을 자거라."

그도 아이를 기르던 시절에는 자신의 아이를 누구보다 잘 안다고 생각했다. 그러나 시간이 지나 그것이 착각이었다는 것을 깨달았다.

지금도 많은 부모들이 그런 착각을 한다. 착각에 빠지고 싶지 않다면, 이런 질문을 던져 보자. 그러면 보다 선명하게 현재 아이의 상황을 볼 수 있다.

"지금 아이는 스스로 원하는 일을 하는가?
아니면 부모가 원하는 일을 하는가?"

그는 이 지혜로운 질문을 그 당시에는 알지 못했다. 그래서 더욱 이 시대를 살아가는 모든 부모에게 자신과 같은 실수를 하지 않기를 바라는 마음으로 이 글을 전하고 싶다고 했다.

"물과 불은 서로를 싫어하지. 그렇게 정의하면 끝이야. 다 안다고 생각하니, 다른 생각을 할 수가 없는 거지. 그런데 그 중간에 뭐가 있어? 그걸 찾으면 이야기가 달라지지. 바로 솥이야. 솥이 그 사이에 있으면 물과 불은 서로를 붙잡고 살 수 있잖아. 원수가 가족이 되는 거야. 그러면 이런 말을 창조할 수 있게 되지. '우리는 솥처럼 갈등과 대립을 조화시키는 사람이 되어야 한다.'라고 말이야."

곤경에 빠지는 건 뭔가를 몰라서가 아니다. 뭔가를 확실히 안다는 착각 때문이다. 내 아이를 창조적인 사람으로 키우는 교육법도 이렇게 확실히 안다는 착각에서 벗어나야 비로소 발견할 수 있다. 착각에서 벗어나 살려면 무엇이 필요할까? 그는 기본으로 돌아가야 한다고 말하며 시인처럼 사는 삶의 가치를 이야기했다.

"시인처럼 살라는 말은 바로 이걸 의미하지. '말과 글을 예술처럼 대하는 삶을 살라.' 그렇게 살면 말과 글이 우리의 삶을 예술처럼 빛나게 만들어 줄 거야. 그러나 반대로 말과 글을 학대하면 말과 글이 우리의 삶을 거세게 학대하겠지. 주변에 늘 거친 말과 표현을 일삼는 사람을 보면 금방 알잖아. 스스로 내뱉은 말은 곧 현실이 되어 우리를 찾아오는 거니까."

그의 말은 언제나 나를 꿈꾸게 만든다. 내가 좋아하는 피아니스트 조성진의 연주 역시 마찬가지다. 같은 곡이지만 그가 연주하면 나는 눈을 감고 자꾸만 꿈을 꾸게 된다. '나는 모든 것을 확실하게 안다'는 착각에서 벗어나 모든 것에서 배우는 시인의 삶을 사는 사람들만 가진 특권이라고 생각한다.

모른다고 생각할 때,
진짜로 알 수 있는 기회를 잡을 수 있다.
그 삶을 당신도 지금 시작해 보라.

거절할 수 없는
제안

"올해에는 어떤 출판사에서 책을 내야 할까?"

"어떤 출판사에서 책을 내야 잘 만들어 줄까?"

"책을 많이 팔려면 어디에서 책을 내는 게 좋을까?"

대부분의 작가는 이런 생각으로 글을 쓴다. 사실 시간을 아껴서 힘들게 쓴 글이 예쁜 책으로 만들어져서 더 많은 독자의 사랑을 받기를 바라는 마음이 나쁜 건 아니다. 나 역시 마찬가지로 그런 생각을 하고 있었는데, 하루는 그가 내게 매우 충격적인(?) 이야기를 들려주었다.

"난 출판사 이름이나 크기는 전혀 고려하지 않

아. 쓰고 싶은 주제를 제안한다면 언제나 어디서든 시작할 수 있지."

사람은 그 입장이 되어야 비로소 그가 남긴 글과 말을 이해할 수 있다. 90권이 넘는 책을 내고, 매년 10권 이상 책을 출간하게 되니, 당시에는 이해하지 못했던 말의 의미를 이해하게 되었다. 뭐든 그 수준에 도달하지 않으면, 아무리 들어도 이해할 수 없다는 사실을 새삼 깨닫는다. 그가 남긴 두 줄의 말에 정말 많은 영감이 녹아 있다. 하나는 '좋은 아이디어를 사랑하는 마음'이고, 나머지 하나는 '자신의 능력에 대한 굳은 믿음'이다.

이어령 선생 정도면 국내 최고의 출판사에서 최고 대우를 받아가며 책을 낸다고 생각하는 게 일반적인 생각일 것이다. 하지만 그는 그렇게 하지 않았다. 누구든 쓰고 싶게 만들 수 있는 기획을 제안하면, 상대 출판사의 크기나 마케팅 역량은 전혀 고려하지 않고 책을 냈다. 이는 그가 자신의 지성을 강력하게 믿는다는 증거이기도 하다.

"내가 거절할 수 없는 제안을 하라니까."
"내가 꼭 써야 할 주제로 제안을 해 줘."

"나도 아직 모르는 내 호기심을 찾아 줘."

스스로 무엇이든 할 수 있는 자리에 올랐지만, 여전히 청년처럼 이런 말을 할 수 있다는 것, 그를 만날 때마다 참 아름다운 사람이라고 생각한 이유가 바로 여기에 있다. 늘 열려 있는 가능성과 싱싱한 창조력, 단 1초도 무기력을 허락하지 않는 활기가 넘치는 일상, 그는 그것들을 어떻게 얻을 수 있었을까? 답은 간단하다. 바로 '좋은 아이디어를 사랑하는 마음'과 '자신에 대한 굳은 믿음'이다.

나도 마찬가지로 글쓰기 30년 만에 그 마음을 이해하게 되었다. 아마 내년에도 예상보다 많은 책을 내고 글을 쓸 것이다. 끊임없이 들어오는 출간 제안 중, 분명 쓰고 싶어서 미칠 것 같은 주제가 있을 것이고, 언제나 그랬듯 나는 그걸 거절할 수 없을 테니까.

우리 삶에서 중요한 건 과연 무엇일까? 좋은 직업, 명예, 다 쓸 수 없을 정도로 많은 돈, 이런 것들도 물론 좋다. 하지만 나는 좀 더 영원한 것을 바라본다. 나를 지치지 않게 만들어 주는 그 무엇이 있는 사람의 삶은 얼마나 아름다운가. 좋은 아이디어를 사랑하는 마음과 자신에 대한 굳은 믿음을 갖고 산다면 누구라도 그런 아름다운 삶에 접속할 수 있을 것이다. 그가 자신의 삶으로 증명한 것처럼.

단지 무언가를
꼭 해내야 한다면

실내 자전거를 타면서 스마트폰으로
치열하게 글을 쓰는데
페달을 아무리 강하게 돌려도
잠이 달아나지 않아서,
깜빡 졸다가 그만 옆으로 넘어질 뻔했다.
그게 혼자 웃겨서 당황하다가
졸음을 깨려고 거실을 오가면서
틈틈이 글을 썼다.

눈을 감고 내가 해야만 하는 것을 사색했다.

죽음과 마치 친구처럼 맞서며
지상에 이별을 고하시던 마지막 날까지
치열하게 글을 쓰며 자신의 원칙과 철학을
삶으로 그대로 보여 주신 이어령 선생의 표정이
생생하게 떠올랐다.
학처럼 고고한 자태를 잃지 않으셨고,
기품과 지성을 손에 꼭 쥐고 계신 모습이었다.
나는 기품을 품고 다시 자전거에 올라
글쓰기를 시작했다.

그는 떠났지만, 떠나지 않았다.
내가 이렇게 꼭 붙잡고 있으니까.
사는 게 쉽고 편안한 사람은 별로 없다.
그러나 내 안의 그는 이렇게 외친다.
"주변 상황은 그리 중요하지 않아."
어렵고 힘든 상황 역시 하나도 중요하지 않다.
단지 무언가를 꼭 해내야 한다면,
강력한 의지를 품고 있다면,
나는 결국 해낼 수 있다.
당신도 그렇다.
우리, 끝까지 힘내자.

예쁘지 않은 것은
없다

모든 글이 모든 사람에게 100퍼센트 만족을 줄 수는 없다. 또한 글의 모든 부분에 전부 공감할 수도 없다. 990페이지가 마음에 들어도 딱 한 줄이 마음에 들지 않을 수 있다. 생각이라는 것은 그렇게 다른 것이기 때문이다. 하지만 어디에나 예외는 있는 법, 내게는 모든 책에 실린 내용에 100퍼센트 만족하고 이해하며 깨달음을 얻는 방법이 하나 있다.

과거 이어령 선생이 내게 들려준 이야기 중에 오랫동안 이해하지 못했던 부분이 하나 있는데, 그 이야기

의 핵심이 바로 지금 내가 전하려는 내용과 완벽하게 일
치한다.

"나는 계약서에 도장을 찍지 않아. 이유는 간단
하지. 계약서에 있는 모든 조항에 동의하지는 않기 때문
이야. 자네는 계약서에 있는 모든 단어에 동의할 수 있
나? 정말 그래? 그걸 어떻게 다 동의할 수가 있겠어. 아
무리 수정해도 내 대답은 같아. 결코 만족할 수 없지."

당시 나는 이 이야기를 듣곤 쉽게 이해할 수가 없
었다. '무슨 뜻일까?'라는 생각이 절로 들 정도로 까다롭
게 느껴졌으며, '굳이 그렇게까지 말할 필요가 있을까?'
라는 생각까지 했다. 하지만 이제 그 이유를 안다. 생각
해 보면 그가 출판사나 기타 기업과 계약 자체를 진행하
지 않은 것은 아니었다. 도장은 찍지 않았지만 계약을 해
서 책을 내는 작업은 세상을 떠나기 직전까지 누구보다
열심히 하셨다. 그가 계약서에 있는 모든 문장에 동의할
수는 없지만, 그럼에도 책을 만든 이유는 앞서 내가 언급
한 이야기와 맥을 같이 하는 것이었다.

글과 책에 있는 모든 내용에 동의할 수는 없다.
또한 그럴 이유와 필요도 없다. 그럼에도 그와 내가 늘

글과 책에서 깨달음을 얻을 수 있던 것은 '좋은 것만 보려는 마음'이 있었기 때문이었다. 함께 책을 만들어서 세상에 지혜를 주려는 소중한 마음과 좋은 콘텐츠를 잘 포장해서 독자들에게 감동을 주려는 예쁜 마음이 공존했다. 그렇다고 나쁜 것을 억지로 좋게 보이려고 시도한 것은 아니다. 그저 좋은 것만 눈에 담아서 사색하고 자신의 것으로 만들면 되는 것이기 때문이다.

어떤 사람들은 글과 책에서 자신이 마음에 들지 않는 부분만 따로 분리해서 비난하거나 추가로 설명을 요구하기도 한다. 자신이 이해할 때까지 설명하라는 것이다. 그러나 그런 식의 독서로는 무엇도 제대로 배울 수 없다. 나쁜 것만 눈에 담기 때문이다.

이어령 선생이 먼저 떠난 사람을 만나려고 세상을 떠나기 직전, 그의 가족을 제외하면 내가 그의 가장 마지막 모습을 본 사람 중 한 사람이 아닐까 생각한다.

그날 나는 입을 열지도 않았다. 그저 그가 말하는 것을 다 듣고, '그래, 그대로 하자.'라는 생각만 했다. 아무런 말도 할 수 없었다. 그렇게 마르고 그렇게 살이 없는 사람을 나는 본 적이 없었다. 지난 12년 동안 우리가 보낸 시간이 순식간에 나를 휘감았다. 숨을 쉬는 것조차 힘든 상태에서 그는 말할 힘이 날 때마다 입을 열어 마지막 생각을 전해 주었다.

"우리는 자꾸 이기려고만 해서 결국 진다.
독서도 자꾸 이기려고 하고,
토론과 대화에서도 이기려고만 한다."

그 마지막 한마디 말을 듣자, 과거 그가 내게 들
려준 이 말이 떠올랐다.

"우리 집에 있는 책은 만 권이 넘지.
그리고 모든 책을 다 읽었지만,
그렇다고 다 읽었다고 볼 수는 없어."

영혼의 음성과도 같은 그의 조언을
한마디로 압축하면 이렇다.

"나쁜 걸 나쁘다고 말하기보다는,
당신의 눈에 좋은 부분만 담아라.
그러면 모든 것이 예쁘게 느껴질 것이다."

이어령 선생과 나눈
마지막 10분

　　그가 세상을 떠나기 직전, 그러니까 우리가 마지막으로 만나던 날, 나는 그 공간의 기운을 여전히 몸으로 기억한다. 넓은 창으로 따스한 햇살이 들어왔고, 그는 맑은 표정으로 바깥을 응시했다. 풍경화처럼 고요했다. 그 아름다운 공간에서 그와 마지막으로 대화를 나누며 나는 내 안에 남아 있던 마지막 욕망과 욕심까지 비울 수 있었다. 당시에는 당신이 지금 읽고 있는 이 책을 내려는 생각조차 접었다. 모든 것이 사라지는 지금 대체 책이 무슨 의미가 있을까 하는 자책감도 들었다. 그러나 내가 그곳에 머무는 10분 정도로 짧은 시간 동안, 생명이 죽음을 향해 뛰는 시간에도 나는 그에게 3가지 지혜를 얻었다.

최고의 스승은 말로 가르치는 사람이 아니라, 배울 부분을 자기 삶과 일상으로 보여 주는 사람이라고 생각한다. 그는 나를 단 한 번도 가르친 적이 없다. 그저 내가 배웠을 뿐이다.

그는 내게 평안한 삶으로 가는 3가지 지혜를 알려 줬다. 그건 자신에게 던지는 주문과도 같았다. 10분 동안 그는 이 말을 통해 자신과 주변 사람들에게 평온을 선물했다.

"마음 편하게 떠날 수 있게 해 줘."

"나쁜 건 빨리 잊고 사는 거야."

"언제나 뭐든 도움을 주고 싶어."

그 말을 마치 숭고한 연주곡처럼 하나하나 되새기며 결국 나는 그와 나눈 마지막 10분을 글로 쓰고 싶다는 생각을 하게 되었다. 하지만 그때 당시는 때가 아니라서 글로만 남기고 공개는 하지 않았다. 당시에는 매일 10번도 넘게 찾아가던 온라인 서점 앱도 열지 않았다. 보나 마나 '이어령 추모전'이 열리고 있을 것이기 때문이다. 필요한 정보라고 생각할 수도 있겠지만, 그의 마지막 10분을 본 내 입장에서는 그 모습과 그 욕망을 차마 보고 싶지 않았다. 모든 것을 잊고 편안하게 가고 싶다던 그의 마지막 말이 기억에 여전하다.

　마지막 10분 동안 그에게 배움을 구하고 집으로 돌아가려 나가는 길에, 나는 그에게 인사를 하지 않았다. 다만 동석한 분들이 모두 밖으로 나갈 때까지 그의 주변을 눈에 담으려고 관찰하듯 생생하게 그렸다. 여기에서 저기까지, 탄생에서 죽음까지, 시작부터 끝까지, 지성에서 영성까지, 나는 우리의 지난 12년 기억까지 내 안에 담았다. 그도 삶으로 이해하겠지만, 사색가는 마지막 인사를 하지 않는다. 그는 자신이 남긴 생각과 함께 영원히 내 마음속에 살아 있기 때문이다. 부르면 언제든 만날 수 있는 이름이니까.

　요즘 몸이 좋지 않다. 그래도 더 힘을 내야지. 그에게 배운 것들을 글로 써야 하니까. 아직도 불러야 할 삶의 노래가 더 많이 남았으니까.

오래된 자신과
결별하라

"뭐 새로운 거 없나?"

"너무 지루하다. 새로운 자극이 필요해!"

사람들은 늘 새로운 것을 원하는 것처럼 보이지만, 사실은 익숙한 것에서 벗어나는 걸 두려워한다. 이렇게 말하는 사람일수록 더욱 그 공간 안에서 나가려고 하지 않는다. 그럼에도 그들이 자꾸만 나가고 싶다고 외치는 이유는 간단하다. 이어령 선생은 그런 모습을 보며 그 이유를 이렇게 압축해서 표현했다.

"아주 간단한 진리야. 그들은 익숙한 일상을 반복하는 게 스스로 두렵기 때문에, 말이라도 새로운 것을

추구하는 거라네. 환경에 익숙해진 인간의 몸이 둔해질
수록, 그들이 던지는 말은 부지런해져.”

반박이 불가능한 말이다. 그는 죽는 날까지 자신
의 말을 삶에서 실천으로 보여 준 사람이기 때문이다. 그
는 어떤 말을 하든 마지막에 꼭 이런 말을 덧붙였다.
“내가 해 봐서 알아.
그냥 말로만 하는 게 아니라,
해 보고 경험해서 깨달았다니까.
경험이 최고의 지식이지!”

최소한 당신이 이 책을 읽고 있다면, 이제 진짜
변화를 시작해 보자. 입은 그만 닫자. 말은 아끼고 몸을
부지런히 움직여야 한다. 무언가에 집중하는 사람들의
일상이 바로 그렇다. 그들은 지금 자신이 무슨 일을 하는
지, 앞으로 무엇을 성취하려고 하는지, 그것조차도 말할
여유가 없다. 모든 시간을 몸과 생각을 움직이는 데 사용
해야 하기 때문이다.
‘입이 살면, 일상이 죽는다.’
그러나 세상에 그냥 되는 건 없다. 단순히 구호
만 외친다고 열정이 생기는 건 아니다. 삶의 마지막 순간
까지 활력을 유지한 이어령 선생은 그런 삶을 살기 위해,

다음 3가지 방법을 구상해서 평생 실천했다.

1. 24시간 생각을 작동하라.

무언가를 반복해서 깊이 보는 사람의 삶에는 안주가 있을 수 없다. 늘 전진하며 낡은 자신에게서 벗어나기 때문이다. 그래서 중요한 건, 24시간 생각을 항상 작동하는 것이다. 그는 마치 자동차에 설치한 블랙박스가 시동을 꺼도 주위를 관찰하며 주시하는 것처럼, 삶의 모든 반경에 있는 것들에 대한 생각을 멈추지 않았다.

2. 영감을 경영하라.

영감을 경영하는 그의 하루는 다음 3단계 과정을 거치며 더욱 농밀해졌다.

하나, 대상을 한 줄로 표현할 수 있을 때까지 관찰한다. 둘, 그렇게 나온 한 줄을 시간을 두고 천천히 소화한다. 셋, 더 천천히 그것을 내면에 퍼지게 만든다.

그렇게 그는 세상 혹은 상대의 것이었던 영감을 자기 삶에 맞게 변형하며 매일 새로운 세계를 만났다.

3. 비판과 근거를 동시에 말할 수준에 도달하라.

물론 건전한 비판도 중요하다. 하지만 그는 비판이 단순히 입이 하는 일이라면, 근거는 실천의 범주에 속

한 일이라고 생각해서 비판과 동시에 근거까지 함께 제시하려고 노력했다. 늘 일상의 실천과 노력을 통해서 그 일에 대한 비판과 근거를 동시에 말할 수 있는 수준에 도달했다. 서툰 비판은 설익은 생각을 증명할 뿐이라고 여겼던 그는 더 생각하면 반드시 근거가 나온다고 믿었다.

그는 단순히 생각하는 사람이 아니었다. 생각을 실천하며 매일 새롭게 자신을 태어나게 만드는 일상의 사색가였다. 그는 시간이 날 때마다 내게 '사색가는 생각한 것을 실천하는 사람이며, 늘 일상에서 자기 자신에게 질문을 던지는 사람'이라고 강조했다. 여기, 그가 말했던 사색가의 질문이 있다. 그대도 읽어 보라. 그리고 이번에는 정말 오래된 자신과 결별해 보라.

"여기 무언가 있다.
내 앞에 특별한 게 있다.
어떻게 하면 그걸 찾아낼 수 있을까?"

일상의 깨달음을 얻는
5가지 방법

　　세상에는 아무리 보고 듣고 배워도 좀처럼 성장이 이루어지지 않는 사람도 있다. 가르치고 또 가르쳐도 늘 제자리에서 조금도 나아지지 않는다. 가르치는 사람 입장에서도 이건 매우 곤혹스러운 일이다. 그도 고개를 끄덕이며 이렇게 자신의 생각을 전했다.

　　"나도 공감하네, 같은 경험을 해 봤으니까. 제자 중에서 좀처럼 성장하지 못하는 경우가 많았어. 그럴 때는 괴테의 조언에 귀를 기울이면 좋아. 괴테는 어떤 작품의 뛰어난 정도는 모두 그것을 만든 예술가나 작가의 뛰어난 정도를 반영한 것이라고 생각했지. 그러므로 어떤

사람의 뛰어난 작품도 그에게 어떠한 질투심도 불러일으
키지 않았다네."

그가 괴테의 말을 통해 강조한 건 크게 다음 5가
지다.

하나, 깨닫지 못하는 건 그럴 수준에 도달하지 못
해서다. 둘, 깨달음은 자동차 연료처럼 억지로 주입할 수
없다. 셋, 수준을 높이려면 늘 높은 수준의 작품을 봐야
한다. 넷, 질투심은 낮은 수준의 지성을 증명한다. 다섯,
늘 뭔가를 찾으려는 눈으로 강렬하게 봐야 한다.

여전히 기억하며 내 삶의 일부로 만들었을 정도
로 매우 중요한 말이다. 당신이 어디에서 무슨 일을 하
든 꼭 기억하고 실천해야 할 진리와 같은 문장이기도 하
다. 괴테와 이어령 선생에게는 이런 공통점이 있었다. 관
계를 맺을 때 신분이나 나이에 연연하지 않았다는 사실
이다. 누구든 뛰어난 작품을 만들었다면, 그를 아이의 눈
빛으로 찾아가 먼저 존경을 표했다. 이를 통해 그는 그의
뛰어난 부분을 관찰하며 스스로 실천할 부분을 깨달을
수 있었다. 그가 만약 '에이, 나보다 못하네.', '어린아이
가 뭘 할 수 있겠어?', '환경이 좋으니 할 수 있었겠지.'라
는 생각을 했다면, 누구도 존경할 수 없었을 것이며 동시

에 아무것도 배울 수 없었을 것이다. 그에게 찾아온 깨달음은 모두 그 자신이 부른 것이었다.

나는 가끔 이런 이야기를 듣는다.

"왜 작가님에게만 멋진 일이 생기는 걸까요?"

"감동적인 이야기는 왜 작가님만 찾아가는 거죠?"

매일 쓰는 내 글을 읽는 각종 SNS 독자들의 반응이다. 왜 그럴까? 그 이유가 뭘까? 답은 간단하다. 괴테나 이어령 선생처럼 주변에서 일어나는 모든 일을 위에 소개한 5가지 조언을 통해 깨달음의 눈으로 바라보았기 때문이다. 경탄할 것에 대해서 경탄하고, 존경할 사람에게 고개를 숙인다면, 그는 다른 사람은 발견할 수 없는 창조의 비밀을 혼자만 알 수 있다.

깨달음은 누가 주입하는 것이 아니라,

그것을 부르는 자에게만 안기는 선물이다.

배움은
얻는 자의 것이다

2022년 3월 말, 내가 가장 사랑하는 문예지 월간 《문학사상》에서 전문가 칼럼 원고 요청이 왔다. 문학사상은 하루키의 책을 비롯해 《총.균.쇠》, 《파친코》 등 수많은 명저를 출간한 전통 있는 출판사다. 또한 한국을 대표하는 수많은 작가를 배출한 문예지로도 유명하다. 하지만 내게 더 큰 의미가 있는데, 그것은 먼저 세상을 떠난 사람들을 만나기 위해 길을 나선 이어령 선생이 창간해 주간으로서 이끈 곳이라는 사실이다.

그런 문학사상에서 거짓말처럼 선생이 세상을 떠난 후 얼마 지나지 않았을 무렵 연락이 온 것이다. 그리고 이때 담당 편집자는 내게 '작가'라는 호칭 대신 '인문학자'라는 호칭을 선물했다. 순간 "나는 그 정도의 사람이 아니다. '작가'라는 호칭도 과분하다."라고 말하려고 스마트폰을 들었다가 다시 내려놓았다. 문득 이런 생각이 든 것이다.

"문학사상에 연재할 수 있게 된 기회, 이 근사한 호칭까지 모두, 이어령 선생께서 하늘에서 내게 준 선물이구나. 그래, 그냥 감사히 받자. 그리고 더 열심히 사색하고 처음처럼 순수하게 글을 쓰며 살자."

그는 내게 이런 이야기를 자주 들려주었다.

"매일 새벽 나는 잠을 자다가 문득 깨어나지. 그럴 때마다 그냥 잠들 수도 있지만, 난 반드시 일어나 내 몸을 움직여 서재로 가지. 그러면 평소에는 내 선택을 받지 못했던 책이 눈에 확 들어와. 빠르게 꺼내서 아무 페이지나 펼치는 거야. 그럼 무슨 일이 일어나게? 내 눈과 영혼을 멈추게 만드는 한 줄이 번개처럼 내게 찾아온다네. 그게 뭔지 알아? 삶이 내게 주는 선물이야."

이제 그는 떠나고 내게는 추억만 남았지만, 그가 없는 세상에서 나는 매일 새벽에 깨어나 서재로 가서 그가 들려준 선물을 매일 경험한다. 새벽 4시는 그렇게 내

게 배움이라는 선물을 주는 시간이다. 다시 느끼고, 내면
에 각인하는 시간이다.

    그는 내게 아무것도 주지 않았다고
    생각할 수도 있지만, 나는 많은 것을 받았다.
    배움은 주는 게 아니라, 얻는 자의 것이니까.
    나는 받았고, 그는 주었다.

사색과 글쓰기로
농밀하게 보내는 하루

내가 시간과 공간의 사용을 결정할 때 가장 중요하게 생각하는 기준은 '사색'과 '글쓰기'이다. 사색과 글쓰기에 방해가 되는 것이라면 아무리 세상에서 귀한 것이라고 불러도 내게는 하찮은 것이어서 생각할 것도 없이 내 시간과 공간에서 배제한다. 나는 어떤 사람이든 최소한 3번은 기회를 주며 지지하지만, 그 이상이 되면 나는 한없이 냉정하다.

하루를 보내는 그의 마음은 어떤 것일까? 궁금해서 질문하니 그는 1967년에 일어난 '분지 필화사건'에 대한 이야기를 들려줬다. 그가 전한 내용을 정리해서 소개하면 이렇다.

1965년 3월, 작가 남정현의 단편소설 〈분지〉가
발표되었다. 처음 나왔을 때는 문제가 없었는데, 이 소설
이 북한의 한 잡지에 실리면서 나쁜 쪽으로 화제가 되었
다. 가만히 있을 수 없던 당시 중앙정보부는 작가를 고문
하며 이렇게 물었다.

"이 소설은 분명 북한의 누군가가 써서 건네준
것일 테니, 당장 그 접선 내용을 밝혀라!"

작가는 1966년 반공법 위반 혐의로 불구속 기소
되었고, 당시 이어령은 법정에 피고인 측 증인으로 출두
했다.

지금부터가 중요하다. 법정에서 그가 변호인과
나눈 대화 내용을 소개한다. 사색과 글쓰기를 통해 자신
의 하루를 농밀하게 보낸다는 게 어떤 가치가 있는지 알
수 있다.

변호인: 이 소설이 반미적인가?

이어령: 이 소설은 하나의 상징이므로 찬미도 반
미도 아니다.

변호인: 저항 문학이란 무엇인가?

이어령: 문학은 본질적으로 저항이다. 아무리 평

화 시대라도 작가는 저항성을 지닌다.

변호인: 북괴에 동조했다는 데 대해서는?

이어령: 작자는 달을 가리키는데, 보라는 달은 안 보고 손가락만 보는 격이다. 장미가 뿌리를 갖고 있는 것은 꽃을 피우기 위해서지 사람에게 담배 파이프를 주기 위해서가 아니다. 남정현의 〈분지〉는 창작 과정의 꽃이다. 그가 만일 다른 의도로 썼다면 상징, 우화 수법이 아니라 준거가 확실한 리얼리즘 기법으로 썼을 것이다.

변호인: 나는 이 소설을 읽고 놀랐다. 증인은 이 소설이 용공적이라 보지 않는가?

이어령: 나는 놀라지 않았다. 병풍 속 호랑이를 진짜 호랑이로 아는 자는 놀라겠지만, 그것을 그림으로 아는 자는 놀라지 않는다. 〈분지〉는 소설이지 신문 기사가 아니다.

변호인: 증인은 반공 의식이 약한가?

이어령: 내 사상은 내가 써 온 글과 저작물들이 증인이 되어 줄 것이다.

어떤가? 이 대화를 반복해서 읽어 보기를 바란다. 저 안에 인간이 가질 수 있는 모든 지성이 응축되어 녹아 있다.

당시 반공이란 한국을 지탱하는 하나의 뿌리이자

기틀이었다. 그런 시절에 법정에 나와 누군가를 변호한다는 것은 쉬운 일이 아니었다. 게다가 해당 사건은 잃을 건 많지만 얻을 게 하나도 없어 보이는 것이었다. 하지만 그는 수많은 사람의 기대를 어깨에 짊어지고 나와 기대 이상의 것을 보여 주었다. 결과가 그걸 증명한다. 당시 검찰은 남정현 작가에게 최고형이었던 징역 7년, 자격정지 7년을 구형했으나, 이어령 선생의 출두 이후 법정은 생각을 바꿔 징역 6개월, 자격정지 6개월에 선고유예 판결을 내렸다. 판결을 완전히 뒤집은 것이나 다름없다.

이처럼 사색과 글쓰기로 하루를 농밀하게 보내는 사람은 그 결과가 다를 수밖에 없다. "내 사상은 내가 써 온 글과 저작물들이 증인이 되어 줄 것이다."라는 말은 반복해서 낭독할수록 마음까지 맑아지는 기분이 든다. 진하다는 말로도 부족할 정도로 농밀한 지성이 가득 녹아든 말이라 자꾸만 발음하고 싶어진다. 한마디 말을 통해 판결까지 뒤집을 정도로 지성이 가득한 사람이 되고 싶다면, 우리는 어떻게 살아야 하는 걸까?

그와 대화를 나누며 내가 발견한 삶의 3단계가 있는데 이걸 이해하면 지성인의 삶에 좀 더 근접할 수 있다. 간단하게 소개하면 이렇다.

1단계는 자신이 뭘 하는지도 모르고 하는 것이

고, 2단계는 "다 먹고 살자고 하는 거야."라며 먹은 만큼 일하는 것이고, 3단계는 삶을 구성하는 모든 것을 자신의 일 아래에 놓고 일의 기준으로 다시 구분하고 배열하는 것이다.

3단계에 도달해 사는 사람을 곁에서 볼 땐, "그렇게까지 살아야 하나?"라고 말할 수도 있지만, 실제로 그렇게 사는 사람의 생각은 전혀 다르다. 그에게 삶은 매 순간이 축복이자 빛이다. 매 초에 한 세상이 탄생하기 때문이다.

과거 그는 지식정보사회의 시작을 예감하고 미국에 다녀온 이야기를 들려주었다. 그때 그는 한 슬럼가에 자리 잡은 방에 책 한 권을 들고 들어가 한동안 나오지 않았다고 한다. 그때 새로운 세입자가 와서 축하하는 마음으로 집주인이 방 바깥에서 페인트칠을 해 주었는데, 이어령 선생이 밖으로 나오려고 하자 이미 며칠이나 지나 페인트가 굳어 나오지 못했다는 놀랍고도 흥미로운 이야기다.

그래서 나는 감히 그의 삶을 안다고 말할 수 있다. 3단계에 도달한 사람의 삶은 그런 것이니까. 입고 먹고 즐기는 것보다 지금 자신이 하는 일에 더 큰 가치를 느끼는데, 어찌 한눈을 팔 수 있을까.

나는 또, 감히 이렇게 말하고 싶다. 나는 내가 세상에 선물한, 당신이 읽는 이 책의 내일을 기대한다. 그리고 이 책을 읽고 바뀔 당신의 아름다운 내일도 기대한다. 내 사색의 스승 이어령 선생과 만나서 나눈 대화와 작은 느낌 하나까지도 간절히 담아서 쓴 책이기 때문이다. 다른 책보다는 조금 얇지만, 그 안에 든 단어 하나하나가 당신의 삶을 더 빛나게 밝힐 수 있을 거라고 확신한다.

우물을 파는 삶을 살다

"나는 그저 우물을 파는 사람이야.
우물을 파서 물이 나오면
사람들이 와서 마실 수 있게 해 주고,
나는 다시 우물을 파기 위해 떠난다네.
그냥 그게 내 삶이야."

삶의 이유를 묻자 그가 내게 했던 답이다. 나는
그 말을 듣고 참 오랫동안 사색에 잠겼다. 이유는 간단
하다. '나도 그런 삶을 살고 싶다.'는 생각이 들었기 때
문이다.

내게는 루틴이 참 많다. 매일 원고지 50매 이상의 글을 쓰는 것도 루틴 중 하나인데, 1년 365일 내내 하루도 거르지 않는다. 내가 죽는 일이 아니라면, 쉬지 않고 반복할 일이라 생각하기 때문이다. 내가 그처럼 세상 사람들에게 도움이 될 '지성의 우물'을 발굴하며 살고, 분야를 가리지 않고 모든 경계에 서서 하나의 사랑으로 연결하고, 늘 새로운 것을 추구하며 다른 영역을 바라보는 이유가 바로 거기에 있다.

나는 분야를 가리지 않고 세상 곳곳에 농밀한 지성의 생명수가 나오는 우물을 파고 싶다. 결코 간단하거나 쉽지 않은 그 삶에 대해서, 이렇게 표현할 수 있을 것 같다.

함께 작업하는 편집자가 이런 이야기를 했다.
"작가님, 저희가 작년에 일력을 내고 반응이 좋아서 그랬는지, 올해 다른 출판사에서 각종 다양한 일력이 엄청나게 많이 나왔어요."
나는 이 모든 결과가 모두 편집자와 출판사의 노력 덕분이라고 말하며 전화를 끊고 이런 생각을 했다.
'올해 모든 출판사에서 나온 일력이 다 좋은 반응

을 얻으며, 세상에 사랑을 전할 수 있으면 참 좋겠다.'

내게 우물 파는 삶을 산다는 것은 이런 것이다.

'자신의 특권과 이익을 아예 버리고,
다들 잘됐으면 좋겠다는 마음을 갖는 것'

다 버리면 아주 홀가분하다.
결국 사랑으로 아름답게 채워지니까.
매일 떠나는 이 삶이
참 행복하다.
나는 지성이라는 근사한 도구로
우물을 파며 사는 사람이다.

"나는 나뭇잎 하나가
흔들릴 때도 글을 썼다."

우주를 찍어 내리는 도끼는
당신 안에 있다

　　내 글과 삶의 태도에 영향을 주며 동시에 사색가
의 가치를 알려 준 사람으로 서양에서는 괴테를, 동양에
서는 이어령 선생을 꼽을 수 있다. 나는 그 두 사람과 매
우 오랫동안 사색을 나누며 배웠고 사랑했다. 우리 세 사
람 사이에 공통점이 있는데, 바로 이 말을 실천하며 사는
것이다.

　　"사색가(Thinking Man)는 웃지 않는다."

　　사진 촬영을 위해 웃어 달라는 한 기자의 말에 이
어령 선생이 답한 말이기도 하다. 아마 괴테에게 같은 질

문을 했어도 비슷한 답이 나왔을 것이다. 현재 전해지는 그림 중 그가 웃고 있는 모습은 없다. 그건 나도 마찬가지다. 단체로 있는 곳에서 이루어지는 웃음은 대부분 모두 결국 하나가 되는 행위다. "자, 모두 웃으세요."라는 말에 그 공간에 있던 모든 사람은 웃음으로 하나가 된다.

그런데 그것이 진정 하나가 되는 걸까? 모두 웃으면 마음이 하나가 될까? 괴테와 나 그리고 이어령 선생은 주변과 섞이지 못하는 게 아니라, 섞이지 않는 것이다. 가장 중요한 가치를 자기 중심에 두기 때문이다. 이어령 선생도 동의하며 이렇게 거들었다.

"수천 명이 곁에서 나를 지켜봐도 나는 혼자서 담담하게 나를 유지할 수 있으며, 언제든 다시 수천 명과 함께 길을 걸어갈 수 있다네."

괴테가 서른 후반의 나이에 방황하며 이탈리아로 18개월 동안 여행을 떠난 것처럼, 이어령 선생에게도 그런 시절이 있었다. 그는 당시의 상황을 "나는 서른이 지나고 모델이 없었는데, 그때 절실한 마음에 잡은 게 괴테였지."라고 말하며 그 시절을 회상했다. 그리고 그를 이렇게 평가했다.

"내가 가장 힘든 시기를 괴테가 있어서 버틸 수 있

었지. 그는 정말 도끼날처럼 날카로운 지성으로 단단한 삶의 진리를 보기 좋게 잘라서 줬으니까. 정말 도끼로 우주를 찍어 내린 사람이라고 말할 수 있어."

　누구나 자기 삶에 집중하면 내면에 도끼날처럼 거대한 지적 도구를 갖게 된다. 눈에 보이는 것은 물론 보이지 않고 잡히지 않는 것도 모두 붙잡아 자신의 것으로 만들 수 있다. 우리는 지금 자신이 가진 능력의 1퍼센트만 보며 느끼고 활용할 뿐이다. 나머지 99퍼센트는 그대 안에 여전히 살아 숨 쉰다.

　서둘러 가서 당신의 도끼를 깨워라.
그가 당신을 참 오랫동안 기다리고 있다.

흔들린다는 것은
생생하게 살아 있다는 증거다

"나는 나뭇잎 하나가 흔들릴 때도 글을 썼다네."

이 문장은 이어령 선생과 기나긴 대화를 나누고 밖으로 나와 사진을 찍을 때, 그가 내게 진지한 표정으로 건넨 말이다.

나는 그의 말을 하나의 언어라고 표현하고 싶다. 죽음이 다가오지만 아직도 더 써야 할 것이 남아 있는 자에게 그의 말은 서로를 구별할 수 있는 일종의 언어와 같은 것이기 때문이다. 이것은 글을 쓰며 사는 삶에만 국한된 이야기는 아니다. 모든 삶의 영역이 그렇다.

그는 암 판정을 받은 후 더 다양한 분야의 책을 내며 오히려 더욱 치열하게 글을 쓰면서 살았다. 병원이 아닌 책상과 자연을 오가며 사색하고 쓰는 삶을 보내기로 결정한 것이다. 나는 그와 수차례 이야기를 나누며 그의 말을 글로 옮겨 적으려고 시도했다. 그러나 그것은 매우 까다로운 일이었으며 쉽지 않았다. 말과 글은 서로 너무나 다른 것이어서 말을 글로 옮기면 종종 전혀 다른 것이 되어 버리기도 한다. 근본적으로 그것은 편집이기 때문이다. 그는 내게 이런 조언을 들려줬다.

"내가 전한 말 중에 핵심이 되는 표현을 잘 발견해서, 그것을 마치 살아 있는 것처럼 생생하게 글로 살려 내는 것이 중요하네."

맞다. 그의 조언처럼 말할 때는 생생하게 살아 있던 언어의 심장이, 글로 써서 읽으면 싸늘히 식어 버리는 경우를 우린 자주 목격해 왔다. 나는 그와 수많은 시간을 함께 나누며 세상이 전하는 온갖 종류의 말을 글로 가장 완벽하게 표현할 수 있는 2가지 방법을 배웠다.

1. 내용이 형식을 규정하게 하라.

형식이 내용을 규정한다면 그렇게 탄생한 글로 누군가에게 감동이나 영감을 주는 힘들 것이다. 마치

공장의 틀에서 찍어 낸 대량생산 제품에 불과하기 때문이다. 반대로 강력한 내용이 형식을 규정할 수 있어야, 비로소 그렇게 탄생한 글을 독창적이며 생산적이라고 말할 수 있다. 글이라는 결과를 목적으로 찍어 낸 것이 아닌, 영감이 넘쳐 스스로 글이 될 수밖에 없게 창조해야 하는 것이다. 그러니 글을 쓸 때 절대로 서두르지 말라. 서둘러 결과를 내고 싶다는 조급한 마음이 내가 보고 듣고 느낀 것을 제대로 표현하지 못하게 막는다. 스스로 흘러서 넘칠 때까지 기다려라. 그렇게 흘러 넘친 것들이 스스로 글이 되어 자신을 증명할 것이다.

2. 인식 수준을 높여야 자연이 보인다.

이 부분은 매우 중요하니 집중해서 읽어 보라.

"자연이 주는 영감과 지혜가 글을 쓰는 사람의 인식 수준으로 내려오지 않도록 해야 한다."

무엇을 의미하는 말일까? 우리가 늘 자연과 세상으로부터 비슷한 것만 느끼며 발견하는 이유는 우리의 인식 수준 자체가 쉽게 달라지지 않기 때문이다. 스스로 자신의 인식 수준을 높이면 자연은 바로 다른 것을 보여 준다. 문제는 다른 곳에 가서 다른 것을 보는 것이 아니라, 어제와 다른 내가 되어 바라보는 것이다. 자연이나 대상을 바라보는 나의 인식 수준을 높여야, 그 자리에서 떠나지 않고도 더 멀리 깊게 볼 수 있다.

정리하자면 자연과 세상이 전하는 말을 글로 제대로 표현하지 못하고 언어의 심장을 멈추게 하는 원인 중 하나는 저절로 글이 될 정도로 영감이 넘쳐 흐르지 않는 데 있고, 또 하나는 자연과 세상이 전하는 것을 그대로 받아 적을 수 있는 인식 수준에 도달하지 못했다는 데 있다.

조금 더 좋은 글을 쓰며 살고 싶다면, 세상과 자연이 주는 것을 더 많이 받으며 살고 싶다면, 이어령 선생의 말을 되새기며 살면 된다.

"나는 나뭇잎 하나가 흔들릴 때도 글을 썼다."

흔들린다는 것은 생생하게 살아 있다는 증거다.
지금 이 순간 곁에서 살아 숨 쉬는 것을 보라.
글을 쓰면서 하루를 산다는 것은
사물과 생명을 포근히 안아주는 일과도 같다.
그러므로 어떤 곳에서 어떤 인생을 살든지,
흔들리며 아파하는 것을 발견할 안목이 있다면
그 사람의 인생은 결코 슬프지 않을 것이다.
'혼자가 아니니까.'

한 사람의 마음을
안아 주는 말

치열하게 자기 일을 하는 사람이나, 밤낮으로 연구와 공부에 매달리는 사람에게 주변 사람들은 대개 이렇게 말하며 그를 염려하고 위로한다.

"끼니 챙겨 먹어라."

"힘들지만 조금만 힘내라."

"몸 생각하며 적당히 일해라."

그런데 나는 치열하게 자기 일을 하는 사람 입장에서 세상에 이보다 더 자신을 슬프게 하는 말은 없다고 생각한다. 그들은 아마 이렇게 생각할 거다.

"나는 즐거운 마음으로 밤낮을 잊고 일하는데, 남들이 보기에는 결국 힘든 일이고 위로받아야 할 행동인가? 내가 그렇게 힘들어 보이나?"

물론 그들은 그런 주변 사람의 말에 거의 영향을 받지 않을 것이다. 자기 일에 즐겁게 미친 상태이기 때문이다. 그러나 순간의 기분은 오래도록 기억에 남아 아쉬운 마음으로 자리 잡을 수도 있다. 그렇게 우리는 상대를 진심으로 걱정하는 마음으로 말하지만, 상대가 원하는 방향의 말이 아니어서 실망과 상처를 줄 때도 많다.

이어령 선생의 말이 하나 떠오른다.

"사람들은 내가 3시간 강의를 열정적으로 마치고 내려오면 '아이고, 선생님. 그 연세에 기력도 좋으시네요.'라고 말해. 물론 칭찬이지만 나는 '창조력'이나 '열정'에 대한 이야기를 듣고 싶은데 기력이라니."

주변 사람들의 짐작과는 달리 그가 죽는 날까지 듣고 싶었던 말은 "창의력이 대단하십니다."였다. 그 마음 하나로 힘을 내서 3시간 강연을 열정적으로 펼칠 수 있는 셈이다. 물론 기력이 좋다는 말을 원하는 사람도 있다. 그래서 모든 사람에게는 각자 상황에 따라 다른 말이 필요하다.

말로 좋은 마음을 전하고 싶다면 자신을 기준으로 생각하지 말고, 그 사람의 마음을 보라. 그가 웃으며 치열한지 아니면 울며 치열한지, 희망으로 꿈을 꾸는지 아니면 절망 속에서 꿈을 바라만 보는지, 같은 상황이라도 그 마음은 전혀 다르기 때문이다.

당신 눈에 보이는 말이 아닌,
그의 마음에 필요한 말을 주라.
그것이 그에게는 살아갈 생명이다.

진리를 아는 사람은
조용하다

　　살다 보면 누구나 죽고 싶을 정도로 힘든 날이 있다. 나는 그럴 때 이런 생각으로 고통의 시간을 스쳐 지나간다.

　　"아무리 힘들어도 좋아하는 음악을 감상하고 소중한 책을 읽으며 아름다움을 논할 수 있으니, 내 인생은 여전히 행복하다."

　　삶의 진리는 아름다운 것에 있다. 돈과 명예도 좋지만, 예술과 빛, 햇살과 행복, 이런 것들이 우리에게 더 소중하다.

　　"삶의 진리란 무엇일까요?"라고 내가 묻자, 그는

이미 내 생각을 간파한 듯 이렇게 답했다.

　"'진리는 나그네'라는 말이 있지. 과거 여관집 주인은 그곳을 오가는 나그네들의 말만 듣고 그것이 진리라고 생각했잖아. 머리가 아닌 발로, 책상이 아닌 길에서 직접 정보를 얻어야 하는데, 가만히 앉아서 누군가 들려주는 정보를 진리로 아는 거지."

　충분히 공감할 수 있는 말이었다. 과거나 요즘이나 유사한 행태가 이어지는데, 내가 가장 싫어하는 태도 중 하나가 스스로 생각해서 진리를 발견하려는 노력은 하지 않고 무조건 인터넷에서 검색으로 찾으려는 것이다. 물론 그것이 필요한 순간도 있다. 하지만 적어도 자신이 찾으려는 대상이 무엇인지 자기 생각 정도는 분명해야 한다. 그래야 흔들리지 않고 살아갈 수 있다.

　"그렇지. 맞아, 요즘 사람들은 누가 무언가를 물어보면 '구글'이나 '네이버'에 검색해 보라고 하지. 나는 그럴 때마다 이런 의문이 생겨. '엄지손가락 하나가 내 머리와 가슴이 해야 할 일을 대신해 줄 수 있을까?' 하고 말이야."

　어디에서 무엇을 하든 진리를 아는 사람과 함께 일하고, 대화를 나누는 것은 참 행복한 일이다. 목소리를 높이며 싸울 일도 없고, 공존하며 서로의 지성을 더 높일 수 있다.

나는 아주 사소한 논쟁도 원하지 않는데, 거의 대부분이 그걸로 얻는 게 전혀 없기 때문이다. 논쟁은 결국 서로 다른 의견을 가진 사람들이 각각 자기 주장을 말이나 글로 논하여 다투는 것을 말한다. 대문호 괴테도 이어령 선생도 논쟁을 전혀 즐기지 않았다. 물론 청년 시기의 이어령 선생은 명예훼손으로 고소를 당할 위험이 생길 정도로 논쟁을 즐겼다. 하지만 이내 모두 그만두며 이렇게 말했다.

"그 논쟁들이 나중에는 얼마나 허망하던지, 아주 후회하네. 내가 중요하게 생각하는 생명 사상과 논쟁이 서로 어긋난 것임을 깨달으면서 이제는 어떤 일이 생겨도 절대로 논쟁을 하고 싶지 않아."

서로가 논의하는 주제와 내용에 대해서
제대로 아는 사람은 타인과 다투지 않는다.
오히려 타인이 뭐라고 비난하든 흔들리지 않는다.
논쟁은 결국 주제와 내용을 잘 모르는 서로가,
비난하며 승리를 쟁취하려고 하면서 시작된다.
아는 사람은 조용하다.
제대로 알면 싸우지 않는다.
논쟁은 서로 몰라서 발생한다.

자신과 끝나지 않는
로맨스를 나누기 위해

이어령 선생은 대학 시절 이후부터 저녁 이후 시간에는 가능한 한 약속을 잡지 않았다. 대신 자기만의 시간을 보내며 사색과 집필에 몰두했다.

내게도 그런 루틴이 있다. 점심은 내가 먹지를 않으니 아예 약속을 잡지 않고, 저녁 식사 약속을 잡는 것도 많아 봐야 1년에 3번 정도 수준이다. 또 나를 위해 만든 원칙이 하나 있는데, 저녁 6시 전에 도착한 메일과 메시지는 바로 정성껏 답신을 보내지만 이후 도착한 것은 다음 날 오전에 보내는 것이다. 이는 결코 일과 생활을 분리하려는 것이 아니다. 나는 저녁 시간에 위스키를 조금 즐기는데, 이때 좋은 음악과 깊은 감상에 빠져 어떤 제안이든 모두 덥석덥석 받아들일 가능성이 많아 이성이 또렷해지는 다음 날 오전으로 미루는 것이다.

살면서 우리가 스스로 제어할 수 있는 것은 생각보다 많지 않다. 제어한다고 믿지만, 사실은 제어당할 때가 더 많다. 그래서 더욱 자기만의 공간을 갖는 게 중요하다. 아무리 좁고 허름한 곳이라도 그 안에서는 오롯이 자신만 생각하며 시간과 공간을 제어할 수 있어야 한다.

살면서 내가 가장 잘한 일은 내게 나만의 공간을 허락한 것이다. 그 공간 안에서 사랑하고 슬퍼하고 아파하며, 나는 매일 나라는 세계를 경험한다. 죽지 않는 한 절대로 끝나지 않는 사랑, 나와의 로맨스를 나눌 공간이 필요하다.

"바깥에서 이름나는 사람들은 빈 수레가 요란하듯이 세상에 별로 공헌한 게 없어요. 뒷골목에서 숨어서 일하는 사람들이 나라를 이끌어 갑니다. 늘 그랬어요. 자기가 하는 일을 아무도 몰라주고, 외롭게 죽으며 공헌하는 경우도 많죠."

잊지 못할 이어령 선생의 말이다. 당신이 지금 외

롭다면 멋지게 살고 있는 거다. 힘들지만 스스로 선택한 무언가를 포기하지 않고, 여기까지 잘 끌고 왔다는 증거다. 당신은 멋진 사람이다.

　　잘했다, 당신.

인생의 판을 바꿀
질문을 찾아라

하루는 이어령 선생에게 한 여류 시인이 찾아와 매우 놀라운 이야기를 나누었다고 한다. 오래전 일이지만, 그는 마치 방금 겪었던 일처럼 내게 생생하게 그날 일을 들려주었다.

결혼한 후에도 시를 쓰고 생각하는 방식이 변하지 않았는데, 아이를 낳는 순간 세상을 바라보는 시선이 완전히 달라졌다는 이야기였다. 당시 그녀는 이어령 선생에게 이런 질문을 던졌다.

"갓난아이도 꿈을 꿀까요?"

생전 처음 듣는 새로운 질문에 그는 웃으며 "꿈

을 꾸려면 무엇을 보고 듣고 말한 경험이 있어야 할 텐데, 이제 막 태어난 아이에게 그런 게 있을까요? 만약 꿈을 꾼다면 아이가 경험했던 태내의 어둠이나 어머니의 젖꼭지 정도겠죠."라고 답했다고 한다.

그러자 여류 시인은 자신만만한 소리로 이렇게 반박했다.

"선생님, 아닙니다. 젖먹이들도 분명 꿈을 꿉니다. 저는 잠든 아이의 얼굴을 보고 있었지요. 그런데 잠자면서 환하게 웃는 거예요. 행복하고 신비로운 광경을 본 것이 아니라면 아이가 어떻게 잠자면서 웃을 수 있겠어요?"

생명의 신비에 대한 이야기를 듣던 바로 그때, 이어령 선생의 머릿속에는 죽음 이후 세계에 대한 의문과 질문이 쏟아졌다고 한다. 죽음을 기억하고 마주하며 살고 싶다고 생각한 것이다. 여류 시인의 한마디 말이 그의 삶의 가치까지 바꾼 셈이다. 생각의 전환이기도 하다.

논리적으로 생각하면 아이는 꿈을 꿀 수 없다. 하지만 사랑의 눈으로 바라보면 다르게 생각할 수밖에 없다. 저렇게 예쁘게 웃으며 잠자는데, 아름다운 꿈을 꾸고 있지 않다면 어찌 잠자면서 웃을 수 있을까.

그에게 이 이야기를 듣고 나도 좀 더 마음을 열고 더 많은 사람과 대화를 나누기로 했다. 인생의 판을 바꿀 멋진 말을 어디에서 듣게 될지 나도 알 수 없으니까.

삶의 근육이 되는
깨달음

늘 생각하던 일인데 이제야 실천하고 있다. 그건 다름 아닌 PPT 자료 없이 강연하는 것이다. 2021년부터 나는 강연장에서 아예 PPT 자료를 쓰지 않는다. 2시간이든 20시간이든 오직 내 마음과 삶에 녹아 절대로 지울 수 없는 단어만 사용해서 강의한다. 오히려 이게 더 편하고 자유롭다. 이어령 선생님께서 세상을 떠나기 직전에 하신 말씀의 가치를 이제 실감한다.

"나는 강의를 준비하지 않아. 단상에 서서 그때그때 들려주고 싶은 말을 하나씩 꺼내서 전하지. 자네도 한번 해 보게. 준비하지 않고 단상에 서면, 그제서야 사람들 표정이 보여. 그러면 그들에게 어떤 이야기가 필요한지 알게 되고, 나는 그 이야기를 내 안에서 꺼내 들려주면 되는 거야. 그게 바로 마음을 나누는 진짜 강연이지."

이제 나도 그 말 그대로 실천하며 산다. 그러면 이렇게 묻는 사람도 있을 것이다.

"PPT 자료를 꼭 써야 하는 강연도 있습니다. 숫자나 그래프, 사진 자료가 필요한 강연도 있으니까요."

나도 그걸 모르는 게 아니다. 그런 자료를 사용하면 강연을 좀 더 '수월하게' 진행할 수 있다. 그럼 '수월하다'는 표현은 반대로 무엇을 의미하는가? 내가 수월하지 않게 좀 더 어렵게, 그러니까 열정을 다해 연구해서 강연을 진행하면 숫자와 그래프, 각종 사진 자료를 말로 충분히 설명할 수 있다는 것이다. 정말 그렇다. 어떤 사람의 강연을 들으면 어떤 영상 자료나 사진도 한 장 없지만, 허공에 자꾸 어떤 이미지를 그려 보는 순간이 있다. 강연자가 언어를 통해 숫자와 영상, 이미지까지 생생하게 전달했기 때문에 일어나는 기적과도 같은 현상이다.

"나도 처음부터 쉬웠던 건 아니야. 자료 하나 없이 강연한다는 건 말처럼 쉬운 일이 아니지. 우리에게는 수많은 사진과 영상, 그리고 음악이라는 무기가 있으니까. 하지만 그걸 버리고 오로지 나의 생각과 말로만 승부하기로 결심한 거야. 인간이란 결국 노력하는 만큼 방황하고, 방황한 만큼 나아지는 법이니까."

결국 모든 건 변명이자 핑계다. 우리는 다시 깨닫는다. 깨달음은 그저 입만 살아 있는 사람에게는 절대로 주어지지 않는다. 오래오래 이 말을 가슴에 품고, 여러분 자신의 언어로 만들어 보라. 내일부터 당장 하루가 달라질 것이다.

지금도 모두가 어디에선가 좋은 말을 듣고
아름다운 글을 읽지만
깨닫는 사람은 극소수에 불과하다.
깨달음은 주는 자의 몫이 아니라,
치열한 실천을 통해
스스로 깨닫는 자의 몫이기 때문이다.
삶의 근육은 스스로 움직여야 가질 수 있다.

세상에 나 혼자서 이룬 일은
하나도 없다

살다 보면 그냥 싫은 사람이 있다. 내게도 그런 작가가 한 명 있었는데, 하루는 매우 놀라운 이야기를 들었다. 내가 그냥 싫어하는 그 사람이 나 모르게 내 책을 주변에 많이 추천한 덕분에 많이 팔린다는 사실이었다. 그때까지 나는 그저 내가 글을 잘 써서 책이 사랑받는다고 생각했기 때문에 충격은 더욱 컸다. 내가 그 부끄러운 사실을 고백하자 그는 조금 망설이는 표정으로 이렇게 말했다.

"나도 하나 고백하지. 지금 여기까지 오는데 나 혼자만의 힘으로 온 게 아니라는 사실을 나도 죽기 직전까지 가서야 깨달았다네. 내가 혼자 이루었다고 생각하는 아주 작은 것 하나까지도 모두 누군가의 도움이 있어서 이룰 수 있었다는 사실을 너무 늦게 깨달았어."

작가가 자신의 책이 아닌 다른 작가의 책을 추천하는 건 결코 쉬운 일이 아니다. 그런데 나는 왜 아무런 이유도 없이 그를 무작정 싫어했을까? 생각하면 할수록 부끄러워서 얼굴을 들 수 없었다. 그날부터 나도 SNS에서 그를 팔로우하며 그가 쓴 글을 하나하나 차분하게 읽기 시작했다. 그가 쓴 글을 읽으니 그가 점점 좋아졌고, 이제는 그의 글을 기다리는 독자가 되어 나도 그가 쓴 책을 추천하게 되었다. 후일 그런 내 마음을 말하자 그도 동의하며 이런 아름다운 이야기를 들려주었다.

"나는 혼자서 성장한 게 아니라는 사실,
그리고 아무도 모르게 도와주는 사람이
내게는 참 많다는 사실을 알아야 해.
그걸 깨닫는 순간 비로소 우리는
진정한 인간으로 살아갈 수 있게 되지.
그걸 모르면 아무리 오래 살아도
하루도 산 게 아닌 거야."

그냥 밉고 그냥 싫은 사람이 있을 수 있다.
그건 결코 나쁜 일은 아니다.
하지만 이것 하나는 꼭 기억해야 한다.
'세상에 나 혼자서 이룬 일은 하나도 없다.'

누군가에게 고맙다고 표현하는 일,
날 도와주는 분들에게 고개 숙이는 일,
내 성공이라고 생각했던 것을
그 사람들과 함께 나누는 일.

인간의 성장은 결국
내가 홀로 이루었다고 믿었던
수많은 결과가 나 자신만의 것은 아니라는 사실을
깨닫는 순간 시작된다.

지금 지친 당신에게 필요한 말
'조금만 더'

하루 종일 글만 생각하며 40권 정도 책을 내고도 여전히 만족스러운 글을 쓰지 못해서 고민이 깊었던 시절, 그는 내게 이런 조언을 했다.

"김 작가는 감각이 있으니까, '조금만 더' 쓰면 좋은 책이 나올 거야."

그때 나는 '조금만 더'라는 그의 조언을 스스로 이렇게 해석했다.

"그래. 조금만 더 노력해 보자. 한 80권 정도 쓰면 변화가 생기겠지!"

그렇다. '조금만 더'를 대하는 내 기준은 책 한두 권 정도가 아니라, 40권을 더 내는 것이었다. 보통 기준과는 전혀 달랐다. 시간으로 따지면 15년 정도는 투자해야, 조금은 나아질 수 있다고 생각한 거니까. 그렇게 시간이 흘러 2023년까지 드디어 80권 넘게 책을 내면서 아주 조금은 내 글에 만족할 수 있게 되었다.

수많은 사람이 조언을 한다. 지금도 여기저기에서 조언은 넘치도록 흐른다. 하지만 조언이 힘을 발하려면 하는 사람의 마음도 중요하지만, 그걸 듣는 사람의 태도와 기준도 매우 중요하다. 당신의 '조금만 더'는 어느 정도인가? 그 기준이 결국 당신의 수준을 결정한다.

물론 지금 지친 사람에게 '조금만 더'라는 말은 어쩌면 가혹한 조언이라고 생각할 수도 있다. 나도 사실 처음 그의 조언, '조금만 더'라는 말을 들었을 때는 그런 생각도 잠시 들었다. 하지만 그는 바로 이런 이야기를 덧붙였다. 그가 지금 당신에게 들려준다고 생각하며, 집중해서 읽어 보라.

"물론 이미 자네는 나름대로 최선을 다했을 거야. 그렇지 않다면 그런 눈빛을 띨 리 없을 테니까. 하지만 꼭 기억하게. 자네가 보낸 시간이 지금 자네를 보고 있어. 힘들지만 포기하지 않고 조금만 더 분투하기를 바라고 있지. 그래야 지나간 시간이 비로소 가치를 띨 테니 말이야. 그러니 조금만 더, 아주 조금만 더 힘을 내 보게. 자네라면 가능할 거야. 난 믿고 있다네."

세상에 이렇게 따스한 말이 또 있을까? 지금 당신이 어떤 일로 많이 힘들다면 그가 내게 해 준 이야기를 당신 자신에게 들려줘 보라. 모두가 나를 떠나도 나는 나를 응원할 수 있고, 모두가 나를 틀렸다고 비난해도 나는 여전히 나를 응원하며 내일을 기대할 수 있다. 이 세상에 그것보다 더 큰 힘이 어디에 있을까.

나는 여전히 나를 응원하고,
나만은 여전히 나를 기대한다.

진짜 무언가를 경험하는 사람은 별로 없다

"지식의 유일한 원천은 경험이다."

아인슈타인의 말이다. 맞다. 우리는 경험을 통해서 지식을 발견할 수 있으면 좀 더 현명한 결정을 할 수 있게 된다. 그래서 이렇게 외치며 경험의 가치를 논하기도 한다.

"좋은 결정은 실패한 경험에서 나온다."

"실패가 아니다. 경험을 통해 많이 배웠다."

하지만 세상에는 아무리 경험을 많이 해도 거기에서 조금도 배우지 못하는 사람이 있다. 아니, 사실 매우 많다. 이유가 뭘까? 이에 그는 이렇게 조언했다.

"일상에서 슬픈 일을 겪더라도 흔들리지 않고 '이
건 정말 특별한 경험이다.'라고 담담하게 말하며 평정심
을 유지할 수 있다면, 그는 그 경험을 통해 무언가를 얻
을 수 있지."

향기로운 커피처럼 오랫동안 음미하고 싶은 말이
다. 실패했다는 슬픔에 빠지지 않고 바로 자신이 해야 할
것들을 해 나가는 사람의 모습은 얼마나 아름다운가. 그
가 자신의 말처럼 살 수 있는 이유는, 그가 겪은 슬픔이
경험으로 자리 잡았기 때문이다. 당신의 경험이 고통이
든 슬픔이든 그것을 제대로 활용하지 못한다면, 그걸 위
해 투자한 시간까지 함께 사라지는 것이다.

"그런데 참 이상해. 세상에는 자신이 무엇을 경
험했는지, 또 무엇을 바라보며 살고 있는지 알고 싶어 하
지 않는 사람이 참 많아."

그가 문득 이렇게 말했고, 그 이유를 묻자 바로
이런 대답이 돌아왔다.

"내가 늘 강조했지. '제발 보고 듣고 느낀 것을 글
로 쓰라'고 말이야. 내가 방금 경험한 것을 진짜 경험으
로 남기고 싶다면 내가 어디에서 무엇을 먹고 즐겼는지
를 사진만으로 남기지 말고, 당시 느꼈던 감정과 그 이유
에 대해서도 섬세하게 글로 남겨야 한다네. 사진에 남은

이미지는 금방 사라지지만, 글은 영혼에서 나오는 것이라 영원할 테니까."

　자신의 경험을 통해 어떤 창조적인 일을 해내는 사람들을 보면 실제로 글을 쓰는 사람이 많다. 그때그때 경험한 것을 글로 쓰면서 그들은 그 순간을 내면에 각인한다. 또 필요할 때마다 꺼내서 활용하고 다시 내면에 담는다. 이 책 역시 내가 그와 나눈 대화를 제때에 기록하며 남기지 않았다면 이미 사라져 버렸을 것이다. 없어질 수도 있었던 수많은 단어와 그 안에 녹아든 감정을 글쓰기라는 지적 도구를 통해 단단히 붙잡아 가둔 셈이다.

　진짜 무언가를 경험하고 싶다면 글을 써라. 당신이 무엇을 보고 듣고 배웠는지, 써야 남길 수 있다. 그리고 그건 인간에게 주어진 의무와 같다는 사실도 잊지 말라.

　그가 삶이 끝나는 마지막 순간까지
　글을 쓰는 삶을 포기하지 않았던 이유도,
　인간임을 포기하고 싶지 않았기 때문이다.
　글로 써서
　당신이 세상을 사랑한 기록을 남겨라.

도움이 되려는
마음을 가져라

세상에 일은 매우 다양하다. 누구나 자기 분야에서 열심히 일하며 살고 있다. 그런데 왜 누군가는 성장하고 다른 누군가는 몰락하며 자꾸만 삶의 격차가 벌어지는 걸까? 이에 이어령 선생은 이렇게 답했다.

"중요한 건 세상에 무엇이든 기여하는 사람이 되어야 한다는 거야. 자신의 제품이나 서비스를 접하는 사람들에게 도움을 주는 사람이 되려는 마음이 자신을 끝없이 성장할 수 있게 해 주니까."

이건 단순히 착한 사람처럼 보이기 위해 선택한 답은 아니다. 책을 여기까지 읽고 지적 센스가 높아진 사람이라면, 바로 이런 질문을 던지며 자신의 삶에 적용할 방법을 찾을 것이다.

"나는 누구에게 도움을 주며 살고 있나?"

당신도 한번 생각해 보라. 누군가에게 일을 맡겨야 한다면 그 기준이 무엇일까? 늘 세상과 타인에게 도움을 주는 마음을 가진 사람에게 일을 맡길 가능성이 클 것이다. 굳이 나쁜 일을 만드는 사람에게 소중한 일을 맡길 필요는 없으니까. 그게 바로 당신이 무엇을 하든, 무엇을 꿈꾸며 살든, 주변에 도움을 주는 사람이 되어야 하는 이유의 전부다. 과하게 무언가를 요구하거나 실천하는 방식은 나중에 결과가 안 좋게 나올 수 있지만, 주변 사람들에게 도움을 주려는 마음은 아무리 과해도 혼나지 않는다.

넉넉할 정도의 부와 흔들리지 않을 정도의 기반, 그리고 아름다운 미래의 모습을 구상할 정도의 환경은 누구나 원하는 것들이다. 굳이 어렵게 힘들게 살고 싶은 사람은 없으니까. 나는 모든 것이 결국 그 사람이 품은 마음으로 결정된다고 생각한다. 부와 성장을 대하는 사람의 태도도 결국 그 사람의 마음에서 나오는 것이기 때문이다. 이 험난한 시대에서 흔들리지 않는 자신을 구축

하고 싶다면, 이어령 선생이 던지는 마지막 조언에 귀를 기울이길 바란다.

　　"도움이 되려는 마음을 가져라.
　　그 순간 그대 삶에 사랑이 흐를 것이고,
　　사랑이 그대에게 최고의 지성을 선물할 것이다.
　　지치지도 마르지도 않는
　　사랑을 늘 기억하며 살라."

　　그는 평생 세상에 없던 이론과 의미를 창조하며 보고 듣고 느낀 것을 글로 써 온 사람이었다. 고된 일이지만, 세상 사람들에게 도움을 주려는 마음이 그를 강하게 이끌었기 때문에 해낼 수 있었다. 당신도 좀 더 농밀한 삶을 살고 싶다면, 그가 남긴 이 다섯 줄이 당신의 인생 자체가 되게 하라. 풀리지 않는 문제가 풀리고, 흐르지 않는 희망이 흐를 것이며, 무엇보다 흔들리지 않고 살게 될 것이다. 늘 기억하라.

　　시간은 언제나 충분하다.
　　그리고 모든 것이 당신 편이다.

에필로그

내일은 없다고 생각하며 살아 보라

90권이 넘는 책을 내며 500페이지에 육박하는 분
량의 책도 내 봤지만, 《이어령과의 대화》처럼 쓰기 힘들
고 어려운 책은 없었다. 분량은 적었지만 이것에 집중하
며 글을 썼기 때문이다.

'농밀하다', '근사하다', '본질이다', '절실하다',
'새롭다'

이 5가지 표현은 내가 수없이 만나서 대화를 나
눈 이어령 선생을 대표할 수 있는 말이다. 책을 쓰는 내
내 분량을 늘리기보다는 다소 적은 분량이 나오더라도
이 5가지 표현에 맞는 글을 써야 한다고 생각했다.

쓰는 내내 그를 더 자주 생각해야 해서 많이 아팠고 힘들었다. 그래서 집필 기간도 오래 걸렸으며 수정하는 시간도 길었다. 하지만 그럴 때마다 그의 말이 다시 나를 일으켜 세웠다.

"내일은 없다고 생각하며 살아 보게.
그러면 지금 이렇게 살 수 있겠어?"

당신에게도 이 말을 전하고 싶다. 우리 두 사람이 나눈 내밀한 대화를 당신에게 소개하는 이유도 바로 거기에 있으니까. 오늘이라는 당신이 가진 최고의 무기를 놓치지 않고 멋지게 활용하길 소망한다.

매일 당신에게 주어지는
하루라는 멋진 선물을
근사하게 보내길.

이어령 선생이 세상을 떠나기 전,
치열하게 책을 쓰던 방법이다.

"눈이 보이지 않으면,
볼 수 있는 방법을 찾는다.
손에 힘이 생기면 글로 쓰고,
입에 힘이 생기면 낭독으로 쓴다."

이어령 선생이 마지막까지
자신의 생각을 글로 쓸 수 있었던,
누구나 알지만 아무도 하지 않는 비결이다.

"누구나 생각하고 있지만,
아무도 생각하지 않는다.
누구나 쓸 수 있지만,
아무도 쓰지 않는다."

이어령과의 대화

삶의 끝에서 다시 시작하는 인생 첫 수업

1판 1쇄 펴냄 | 2024년 02월 20일

지은이 | 김종원
발행인 | 김병준
편   집 | 김리라
디자인 | 권성민
마케팅 | 차현지·이수빈
발행처 | 생각의힘

등   록 | 2010. 3. 11. 제313-2010-77호
주   소 | 서울시 마포구 독막로6길 11(합정동), 우대빌딩 2, 3층
전   화 | 02-6953-7790(편집), 02-6925-4187(영업)
팩   스 | 02-6925-4182
전자우편 | main@sangsangaca.com
홈페이지 | http://sangsangaca.com

ISBN 979-11-93166-44-4 03810